PRÒXIMA PARADA **Grup Promotor**

ALFAGUARA

Grup Promotor

Frederic Mompou, 11 (Vila Olímpica)
08005 Barcelona
Telèfon 93 230 36 00

ISBN: 84-8435-317-6
Dipòsit legal: M-43.526-2004

Printed in Spain

Segona edició: octubre 2004

Disseny de la col·lecció:
MANUEL ESTRADA

Coordinació editorial:
MARGARIDA PLANES FERRER

Assessorament literari:
PERE MARTÍ I BERTRAN

L'estàtua sense rostre

Miquel Arguimbau

Il·lustració de la coberta de Susanna Campillo

ALFAGUARA

Grup Promotor

*Vull agrair l'ajut de l'Adriana González,
la Guida Planes i el Pere Martí.*

A la Loli, el Dani, el Miquel i el Xavi, pel seu amor.

Al Jordi Esquius, l'amic.

Des que va obrir els ulls per veure el món sobre el ventre de la Tiye, la seva mare, l'Amed havia estat immensament feliç.

Del seu país, ocupat majoritàriament per sorra del desert, l'Amed només en coneixia una petita part, aquella que era blava per l'aigua del riu i verda, meravellosament verda, un jardí immens i perenne al qual donava vida el Nil.

El seu pare, en Mose, era un home molt respectat, serè i estudiós, que tornava molt tard a la llar i ho feia carregat de papirs plens de dibuixos als quals dedicava l'atenció després de rentar-se i sopar.

La Tiye era el refugi i el consol de tots dos.

El jove Jeruef era molt més que un membre del servei.

Des de l'habitació, l'Amed podia veure les estrelles i sentir un murmuri singular, el so més agradable després de la veu de la Tiye: era el Nil, incansable, saltant sobre les pedres, acariciant les ribes.

El moment del dia en què l'Amed era més feliç era quan el Sol, Ra, enorme i vermell, tebi, deixava de bri-

llar en el cel per descendir majestuós cap al seu refugi nocturn, allà, a l'altra riba.

En aquestes hores, després de l'estudi, l'Amed tenia permís per apropar-se al Nil a pescar.

Aquell dia, quan s'acostava a casa amb un cistell ple de peixos, l'Amed va observar més activitat de l'habitual. Envoltats a una certa distància d'uns quants camperols curiosos, tres carros amb el segell del Faraó, guardats per joves soldats amb els seus uniformes enlluernadors i presidits pels cavalls més formosos que mai havia vist, es trobaven prop de l'entrada. Què hi feien? Què passava?

Curiós, va agafar el cistell amb les dues mans i va accelerar el pas. El Sol, a l'esquena, li regalava els últims rajos i, com si un d'aquests la il·luminés només a ella, l'Amed va veure la seva mare que s'apropava de pressa.

–Amed, fill, corre, vine...

–Ajuda'm amb el cistell, mama!

–Deixa'l a terra. En Jeruef vindrà a buscar-lo!

Així ho va fer, l'Amed, per córrer la curta distància que el separava de la Tiye i abraçar-la. Ella el va correspondre, i tot seguit es va ajupir mentre li parlava i amb les mans intentava arreglar el pentinat desordenat i els vestits del seu únic fill.

–Vull que entris a casa. En Jeruef ja t'ha preparat el bany i la roba neta. No t'hi adormis. Vés ràpid. Hi ha una persona que has de conèixer.

Sense perdre temps, es van encaminar cap als carros. L'Amed volia fer preguntes, però ella li aclariria els dubtes sense necessitat de sentir-les.

–Ha vingut en Mermeptah, un dels fills del nostre Faraó Ramsès. Està parlant amb el teu pare i després soparà amb nosaltres.

–Un fill del Faraó a casa nostra? Podré jugar amb ell?

La Tiye va somriure amorosament.

–No, fill, no. A en Mermeptah ja li ha passat l'època dels jocs. Ara compleix amb orgull la noble tasca de ser qui és. Diuen que el seu pare pensa en ell com a successor, però qui ho sap, en Mermeptah té germans i el seu destí encara no està decidit pels déus.

Quan van entrar al pati de casa, en Jeruef els esperava.

–Vigila que no perdi el temps, Jeruef –va dir la Tiye.

–T'agradaria ser soldat? –va preguntar l'Amed.

–Soldat? –en Jeruef va deixar anar una riallada–. M'agradaria ser Faraó!

–Tu pots ser Faraó?

–No, no puc, Amed. Era una broma. A més, no sé si m'agradaria ser Faraó. Et dic el que m'agradaria fer? M'agradaria dedicar-me al que fa el teu pare.

–I què fa el meu pare, Jeruef?

En Jeruef va parlar amb un to d'admiració:

–El teu pare és molt intel·ligent, sap secrets que desconeix el propi Ramsès. –Els ulls de l'Amed es van obrir com dues llunes plenes.– Sí, sí, creu-me, petit amo. És per això que el teu pare és tan apreciat pel Faraó. El teu pare, Amed, és un geni... Pensa una mica. És un home fort, però qualsevol soldat el venceria si se li enfrontés. És fort perquè és savi. Ell no pot vèncer un lleó com qualsevol dels generals de Ramsès, però el teu pare doma els elements més poderosos de la naturalesa. Pot fer-ho un general? No!

L'Amed s'havia quedat immòbil escoltant en Jeruef.

–Ja veig que no m'entens, xicot. Vinga, acaba de vestir-te que t'estan esperant.

–Vull que m'expliquis el que fa el meu pare!

–No et preocupis, Amed. Ho descobriràs sense adonar-te'n. I si no ho fas, ja t'ho explicaré quan anem a pescar.

–Digue-m'ho ara, Jeruef!

En Jeruef es va posar les mans al cap.

–Ah, Amed, la teva impaciència per conèixer les coses em diu que estàs abandonant la infància! –va exclamar en Jeruef–. El teu pare, l'admirat Mose, aixeca temples i palaus, doma la pedra, l'enclota, li dóna forma, els seus dibuixos són el secret de l'equilibri, les seves mans posseeixen una sensibilitat estranya, i en el seu cap –va dir tocant el de l'Amed– guarda allò que si jo conegués seria feliç!

Quan en Mose va veure l'Amed, s'hi va apropar i el va dur fins a en Mermeptah, el fill del Faraó. L'Amed buscava la mirada de la seva mare.

Ella la hi va tornar amb un somriure suau que va tranquil·litzar el xicot.

–Aquest és el nostre fill Amed –va dir en Mose.

En Mermeptah, que estava dret, li va posar les mans enormes sobre l'espatlla i les va estrènyer amb força i delicadesa alhora.

–Pots sentir-te orgullós dels teus pares, Amed. I aprèn-ne. Mai no t'aconsellaran malament. La prudència i la saviesa que posseeixen han de ser la teva guia.

L'Amed va trontollar, torbat per tanta confiança vessada pel convidat. Sense saber exactament què deia, va pronunciar unes paraules plenes de sinceritat juvenil:

–És molt difícil fer el que dius, senyor. Especialment pel que fa al meu pare, ja que surt aviat al matí i ve tard, gairebé de nit.

La Tiye i en Mose es van intercanviar mirades d'astorament, que van ser interrompudes per una gran riallada d'en Mermeptah.

–Gran reflexió! Mose, porta'l a la teva missió.

–Res no m'alegraria tant, senyor!

–És la meva recompensa a la teva lleialtat i dedicació. La teva bella esposa i el vostre fill han d'acompanyar-te en aquest llarg viatge, que ha de servir, a més de pel que tu ja saps, perquè l'Amed tingui el pare més a prop. I emporta't també els criats que necessitis perquè l'ordre de la teva família no s'alteri. Només així, la teva ment podrà seguir concentrada en la missió que t'he encomanat. M'agradaria tant acompanyar-vos, però, haig de quedar-me prop del Faraó.

El gest d'en Mermeptah es va enfosquir lleument.

–Senyor –va dir la Tiye –, el sopar ens espera.

La visita d'un dels fills del Faraó havia provocat tant entusiasme a l'Amed que no podia agafar el son. El xicot s'havia quedat impressionat per en Mermeptah, però encara més per l'interès que mostrava per tot el que deia el seu pare. Com era possible que el possible successor de Ramsès li preguntés tantes coses? No era el d'en Mermeptah, el mateix entusiasme que mostrava en Jeruef? Eren certes les paraules del criat i amic quan li va dir que el seu pare era un geni? Però l'insomni també tenia una altra justificació. En el comiat, en Mermeptah havia besat amb delicadesa les galtes de la Tiye, havia abraçat amb força en Mose i després s'havia dirigit a l'Amed per dir-li:

«Amed, fill de l'amor de la Tiye i en Mose, que Ra et regali la felicitat que ells senten per tenir-te. Que quan tinguis la meva edat, hagis heretat ja la noblesa i el talent del teu pare, la sensibilitat i la intel·ligència de la teva mare. Per a mi jo voldria el teu destí, engendrat en la benaurança d'una família com la teva.»

I encara hi havia un altre motiu pel qual la son no aconseguia vèncer la inquietud de l'Amed. Aquell llarg viatge que estaven a punt d'iniciar amb l'arribada dels primers raigs de sol. Un llarg viatge en què desitjava amb totes les forces la companyia d'en Jeruef. Hi hauria en Jeruef entre els escollits?

–Som-hi, dormilega, aixeca't per gaudir d'un dia que no oblidaràs mai. Dedica'm el primer somriure, que me'l mereixo. Des de l'alba que et preparo tot allò que pots necessitar... Amed, desperta't!

–Tinc son...

L'Amed va respondre quasi inconscientment a en Jeruef, però de sobte semblava que li hagués caigut al damunt un raig d'aigua fresca. Es va aixecar d'un salt.

–Véns amb nosaltres? –va preguntar impacient.

–És clar que sí, Amed –va dir en Jeruef; els ulls li brillaven per l'emoció–. Tinc la certesa que alguna cosa molt gran ens espera, Amed. La meva intuïció em diu que sempre més hi haurà un abans i un després d'aquest dia.

En Jeruef es va acostar a la finestra per on entrava un aire net i des de la qual es veia el blau, encara fosc, del Nil.

–Mira, Amed, mira, mai abans no havia vist unes naus tan formidables!

L'Amed es va abocar a la finestra i va mirar cap on assenyalava en Jeruef. A la riba, dues embarcacions daurades semblava que esperessin algú, com si la nit les hagués deixat com un regal. Malgrat la llunyania, es podia veure una gran activitat a bord i al moll improvisat, un anar i venir d'homes carregats d'enormes embalums.

–Sens dubte, Amed, aquestes naus formen part de la flota personal de Ramsès i de la seva família.

–I què hi fan, allà?

–Hi navegarem.

Durant uns segons tots dos van contemplar aquelles meravelles sense dir res. Fou en Jeruef qui va trencar el silenci.

–Hi viatjarem..., si ens afanyem. Corre, Amed, el teu pare m'ha demanat que no ens endarrerim gens.

–Però, on anem Jeruef?

–D'aquesta pregunta, no en tinc la resposta!

El sol havia abandonat definitivament el seu llit per acolorir tot el que il·luminava, quan l'Amed i en Jeruef van pujar a una de les naus acompanyats per la Tiye.

–I el pare?

–Aviat serà amb nosaltres, fill.

Quan van trepitjar la coberta, un home d'aspecte militar va donar ordres a dos soldats. Aquests no van dubtar ni un instant: van agafar l'equipatge que portava en Jeruef i li van fer un gest perquè els seguís. L'Amed, nerviós i expectant, mirava a una banda i a l'altra i tot el que veia l'impressionava cada vegada més.

–Escolta, Amed –va dir la seva mare mentre li acariciava l'espatlla–, serem lluny de casa molt de temps. El teu pare té una missió per complir. En Jeruef sempre serà al teu costat quan jo no pugui fer-ho. Sigues prudent a bord i quan baixem de la nau. Sigues pacient en l'espera i generós en la col·laboració.

–Però, quin és el nostre destí?

–El nostre destí és ser prop del teu pare; el lloc ara no importa, és el motiu el que mereix ser tingut en compte, i el teu pare ens ho dirà quan ell cregui que ho pot fer.

Per fi, l'enrenou de la riba es va acabar. El pare de l'Amed va pujar a bord acompanyat per un home de la seva mateixa edat que havia controlat totes les feines. L'Amed havia comptat cinquanta soldats, que majoritàriament havien embarcat a la segona nau, mentre que uns dotze ho havien fet en la mateixa que ell. En Mose i aquell home es van acostar a l'Amed i la Tiye. Mentre ho feien, l'Amed va veure una cicatriu enorme en un del braços de la persona que parlava amb el seu pare. Tenia un rostre que li donava un aspecte dur i els músculs dels seus braços demostraven que es tractava d'un ésser físicament molt poderós.

–És l'hora de marxar –va dir en Mose–. Estem en mans d'un dels homes de confiança del nostre Faraó, el general Yassir. Ell ens portarà fins al nostre destí.

L'Amed no s'ho podia creure. Primer, hi havia hagut la visita d'un dels fills del Faraó, i ara un dels seus generals s'inclinava respectuosament cap a la seva mare. Però la seva sorpresa fou encara més gran quan el general el va mirar a ell esbossant un somriure enorme.

–Així que tu ets l'Amed! Tant de bo aquest viatge et permeti conèixer els secrets més ben guardats del Nil, però no oblidis mai que molts d'aquests secrets són més perillosos que el tall d'una espasa, la punta d'una llança o la boca d'un cocodril. I ara heu d'excusar-me. Haig de donar les ordres oportunes per iniciar el viatge.

El Nil s'havia convertit en mil miralls d'argent quan les dues naus van iniciar la marxa. La primera en solcar les aigües fou la que portava el nom del Faraó, i la segona, en què viatjaven l'Amed i la seva família, la que portava el nom de la dona més estimada per Ramsès: Nefertari.

Poc després, l'Amed va tenir una gran alegria. Des que havien pujat a bord no havia tornat a veure en Jeruef, ja que no s'havia separat de la seva mare, i en arribar l'hora del menjar va veure el seu amic dret, situat discretament prop de la taula.

Quan tots s'havien assegut, en Jeruef va ocupar l'única cadira que quedava buida. Estava molt nerviós per això, i no sabia què dir ni què fer.

–Fill –va dir en Mose–, no t'ha de sorprendre veure que en Jeruef comparteix amb nosaltres el menjar i la taula. No és únicament per la seva obligació de ser a prop teu, ni perquè a la nau els espais siguin molt reduïts. En Jeruef es mereix aquest honor per l'abnegació, la passió i l'entusiasme que ha demostrat per complir la seva tasca. Només així, amb passió i entusiasme, els grans reptes esdevenen més senzills... I tu, Jeruef –va dir mirant el jove–, no comparteixis aquesta reunió amb el general Yassir i la meva família solament amb el teu cos. La meva dona, el general i jo mateix volem que la teva ment, a través de les teves paraules, també hi sigui present. No has d'aparentar res que no hagis après. Únicament aplica el que aprenguis i sigues tu mateix.

–Jo, senyor –el nerviosisme d'en Jeruef anava creixent–, només puc agrair-vos aquest gest que no sé si sabré correspondre com espereu...

–Segur que sí –va afirmar el general–, tots som aquí pel mateix motiu i cadascú ha d'exercir la seva tasca amb l'únic propòsit que la missió que en Mermeptah, fill del Faraó, ha encomanat a en Mose pugui acomplir-se.

Era el primer àpat a bord i a partir d'aquell moment es va parlar molt poc. Algunes paraules de cortesia i algun comentari sobre aspectes que l'Amed no comprenia. Res no podia revelar les preguntes que l'Amed es feia. Un tendal protegia els comensals dels raigs del sol. La brisa era agradable i el menjar, abundant.

Remuntaven el riu cap al cor d'Egipte. L'Amed i en Jeruef eren al costat dret de la nau mirant cap a la riba de ponent. En Jeruef observava el corrent del Nil.

–Mira, Amed! Mai no m'havia fixat en una cosa que sembla ben simple. Anem contracorrent encara que l'aigua ens voldria arrossegar en sentit contrari al que naveguem. Tenim més força que el propi gran riu.

Cap dels dos no s'havia adonat de la presència d'en Mose.

–És cert, Jeruef –va dir en Mose–, però no és la força la que aconsegueix que les naus remuntin el Nil. És la intel·ligència i aquesta mateixa intel·ligència ens diu que no hi ha cap poder superior al de la naturalesa. L'home mai no aconseguirà que les aigües del riu flueixin cap a les fonts on deu néixer el Nil. La intel·ligència i el sentit comú ens diuen quan podem navegar contracorrent i quan no ho hem de fer. Quan el Nil creix i inunda les terres per convertir-les en un jardí verd, les naus només han de navegar en el sentit de les aigües. Saps què significa això, Jeruef?

–Jo, senyor... Temo dir alguna barbaritat, però, intueixo que aquestes paraules signifiquen que no podem domar la naturalesa.

–Bona definició, Jeruef! Podem aprofitar-nos-en i ho hem de fer, però mai no hem d'intentar anar en contra seva. I tu què opines fill?

Com que en Mose no en va obtenir resposta, va mirar cap a l'Amed i el va descobrir parpellejant repetidament, com jugant amb els raigs del sol repel·lits per la punta daurada de la gran piràmide de Kheops.

–Vés amb compte, fill, els teus ulls han de veure-hi tota la vida i aquests reflexos els poden danyar.

En Jeruef, també va dirigir la seva mirada cap a aquelles construccions colossals.

–Em pregunto, senyor, quants ulls veuran al llarg del temps aquestes piràmides immenses.

–Més del que ningú no pugui imaginar, Jeruef. L'home difícilment les podrà enderrocar. Només un esdeveniment que commogués la Terra podria fer-les desaparèixer... I si això arribés a passar, tots seguiríem el mateix destí. Si d'alguna cosa podem estar segurs és que els faraons Kheops, Kefren i Micerí seran immortals gràcies a les seves últimes estances.

–Però ells viuen en el més enllà!

–Això que dius, Jeruef, és la fe, és creure en el que no veiem. Però no oblidis que és en aquesta vida on els homes es fan immortals, per les seves obres, bones o dolentes. En l'altra vida ens espera la recompensa...

–M'esteu dient, senyor, que no creieu en el viatge cap als déus?

–La teva pregunta és molt atrevida i em culpo d'haver-la provocat, però no me'n penedeixo. M'han ensenyat que és així i no ho poso en dubte. Tots, a la nostra manera, ens preparem per viure després de la mort, encara que estic profundament convençut de la meva apreciació: és en aquesta vida on els homes podem assolir la immortalitat.

En Jeruef es va gratar el cap amb un gest dubitatiu. El va sorprendre aquell raonament però no li sonava malament, com si d'alguna manera, les paraules d'en Mose li haguessin donat la raó en una part d'ell mateix que fins ara no havia explorat.

Absent de la conversa, l'Amed va xiuxiuejar:

–Cada cop són més petites.

En Mose i en Jeruef van aixecar la vista i van comprovar com, efectivament, semblava que les piràmides s'haguessin encongit. En Mose va somriure.

–Perquè ens n'allunyem! Encara que, Amed, la teva apreciació no deixa de ser certa.

–Impossible, senyor –va dir en Jeruef–, les piràmides no han canviat de mida.

–Cert –va dir en Mose–, però tot es veu diferent segons el lloc des d'on ho mires! Si estiguéssim al peu de la piràmide de Kheops, la veuríem immensa i nosaltres semblaríem al seu costat, un gra de sorra, però mirant-les des d'aquí, allunyant-nos-en, es veuen cada vegada més i més petites i al final desapareixeran! I en el seu interior? En el seu interior mai no en podríem veure la mida real, mai! I el Nil? Sabem que arriba al mar, que és molt llarg, però des de la nau, només en veiem fins on arriba la vista. I el mateix passa amb el desert i amb tot. Pensa en Egipte, Jeruef, és el teu país, però, què en saps d'ell, de la seva gent, de les seves muntanyes? La grandesa de qualsevol Faraó és conèixer la magnitud dels problemes del seu país i de la seva gent, encara que ell no els pateixi ni els vegi.

–I com ho aconsegueix?

–Escoltant el seu poble i encertant a donar crèdit a qui diu la veritat i descobrint els mentiders que pretenen enganyar-lo en benefici propi. I ara, us deixo. M'espera el general.

En Mose va deixar els dos joves sumits en el pensament que les seves paraules havien despertat. Els seus ulls miraven les piràmides, cada cop més diminutes. Després d'un llarg silenci, en Jeruef va dir:

–El teu pare el sap.

–Què sap?

–El secret de les piràmides.

–Tenen un secret?

–Sí, saber com s'han fet.

Quan arribava la nit, les embarcacions s'apropaven a la riba i aturaven la marxa. Aleshores, un grapat d'homes baixaven a terra i feien guàrdia. El general Yassir donava ordres amb poques paraules, però ensordidores.

–Per què crida així? –va preguntar l'Amed a la mare.

–Ha de fer-se respectar.

–Jo et respecto i no em crides.

–Ets fill meu, Amed. El que jo t'ensenyo requereix explicacions, no frases curtes. Jo et parlo de l'amor entre les persones; jo t'explico per què els arbres tenen fruits i el Nil, peixos. Com et podria explicar tot això amb crits? Però, si et veig en perill, si vull protegir-te d'un accident, probablement alçaré el to de la veu per cridar-te l'atenció...

–Corren perill els soldats?

–Potser no o potser sí. El general no pot esperar a veure el perill per cridar-los l'atenció, ha d'intuir-lo perquè ningú no els agafi desprevinguts.

Per a l'Amed era un espectacle veure els moviments de la tropa. Els soldats eren joves, potser una mica més adults que el seu amic Jeruef, però d'aparença més forta i atlètica, i tots es movien molt ràpid. Quan la veu del general deixava de sentir-se, un munt de sorolls inundaven la nit. Hi predominava el murmuri del Nil, regular, constant, relaxant. Algun clapoteig provocat pels peixos que saltaven fora de l'aigua com si fos un joc, però que en realitat era la necessitat d'atrapar insectes per alimentar-se.

També es podien sentir algunes veus procedents de la riba i, de tant en tant, alguna riallada. Els grills, persistents fins a l'alba... I alguna vegada, la silueta d'un felí que s'apropava al riu per beure, com una ombra, sense fer cap soroll, sense avisar de la seva presència.

El més apassionant d'aquell viatge era, per al fill d'en Mose, el contacte continu amb els pares, en Jeruef i el general Yassir. Després de sopar, l'Amed no tenia l'obligació d'anar-se'n i podia quedar-se assegut o ajagut a la falda de la Tiye mentre els adults es dedicaven al noble art de la conversa.

Una nit, mentre la Tiye acaronava els cabells del seu fill, va descobrir la mirada del militar fixa en ells.

–Veig la vostra mirada, general, i hi descobreixo enyorança. M'equivoco?

–No us equivoqueu, bella Tiye –va contestar en Yassir, i va buscar amb la mirada els ulls d'en Mose–. La sensibilitat i la tendresa d'aquesta estampa m'ha emocionat. Un nen, la mare i, a prop, el pare.

Quan els adults parlaven, en Jeruef escoltava amb atenció, per enriquir-se amb les paraules que pronunciaven.

–Em sembla, general –va dir la Tiye–, que en moments com aquest us sentiu home per damunt del vostre rang.

–Cert! I un home ple de dubtes, si em permeteu aquesta confessió tan personal –va respondre el general amb un to sorprenentment rialler–. Mireu els soldats d'Egipte, els protectors de la Terra del Faraó, els homes que estan sota la meva protecció –el to de la veu es va tornar més greu–. Haig d'estimar-los i els estimo com a fills, i tinc l'obligació de tornar-los a les seves mares sans i estalvis, encara que, a vegades, he hagut d'enviar-ne molts a una mort segura per derrotar l'enemic.

En Jeruef, sense saber-ne el motiu, va intervenir en la conversa.

–Morir pel Faraó és un honor per a un soldat!

–Morir a la guerra mai no és un honor, és una tragèdia, jove Jeruef. He necessitat anys per comprendre el dolor que queda en l'ànima d'uns pares quan el seu fill no torna. Abans, quan era un jove oficial, tornava de les batalles orgullós... Mai cap enemic d'Egipte no ens va guanyar una batalla! En les últimes guerres, al tornar al campament, em sentia derrotat i plorava amb amargor per cada jove que havia perdut, per cada jove que quedava mutilat o ferit... També pels joves que havien sucumbit davant el poder de les meves tropes... Plorava per cada mare, per cada pare, per cada germà que els esperava.

Es va produir un silenci. El general es va aixecar i va mirar els soldats que feien guàrdia a la riba.

–Sí, són els meus fills, però no els puc abraçar com un pare, ni tan sols puc compartir-hi aquest sentiment d'afecte. Només puc manar-los i haig de fer-ho.

La Tiye va deixar d'acaronar l'Amed i es va apropar al general.

–Moltes vegades hem parlat de la guerra amb el meu marit, general. No sé el motiu pel qual els pobles han de lluitar entre ells, però sí que sé que els soldats no lluiten pel Faraó.

El general es va girar i va mirar aquella dona. Després va mirar en Mose.

–La meva esposa –va dir en Mose–, em sembla que te raó, general. Els homes com vós i els soldats no lluiten per un rei, lluiten perquè si l'enemic els derrota, després d'ells moriran les seves mares, els seus pares, els seus germans. El Faraó també és un home i aquell home tindrà successor. No hi ha successors per a un fill, per a una mare, per a un pare, per a un germà.

El general va fer un lleu somriure. Aquelles paraules l'havien confortat tant, que res, ni el reconeixement més elevat que se li podia concedir com a militar, podia comparar-se amb la barreja d'alleujament i orgull que acabava d'experimentar. En un moment quasi tan ràpid com el parpelleig dels ulls, es va sentir comprès.

–Em sembla –va dir en Yassir– que hauríem de prendre una copa de vi... Em refereixo als adults, per descomptat!

–I els vostres autèntics fills, general? –va dir la Tiye–, en teniu?

Al general se li va il·luminar el rostre, com si de sobte hagués rebut tota l'esplendor de la llum de la Lluna.

–Oh, sí... En tinc... Són... sis belles donzelles! –una sonora riallada va sortir de la seva gargamella–. I vull brindar perquè quan siguin mares, els seus fills visquin en un Egipte de pau duradora, perquè mai no hagin de viure amb l'angoixa de veure partir els seus fills per anar a la guerra.

Van fer xocar les quatre copes.

–Si la guerra és el resultat de l'ambició desmesurada o de la injustícia, la pau sempre serà provisional entre els pobles de la Terra –va dir la Tiye.

El general va mirar un cop més la Tiye i després en Mose.

–La saviesa de la vostra esposa és un regal per aquells que la podem escoltar.

En Mose va agafar la mà de la seva dona.

–És el primer que em va agradar d'ella, general... Bé, el primer després dels seus ulls.

En Yassir va gargamellejar.

–Crec que és l'hora d'anar a descansar.

Ajagut a la coberta, prop de la popa, en Jeruef semblava comptar les estrelles. Gaudia d'aquells moments en què se sentia amo d'ell mateix. Excepte els soldats de guàrdia, apostats a la riba, tots dormien i en Jeruef aixecava la mirada cap a un cel absolutament plagat d'estrelles. La seva ment convertia els punts lluminosos en dibuixos... Ara un cavall, ara un lleó, ara un quadrant, ara un escorpí... Com li agradaria llançar-se al Nil i nedar, però el seu clapoteig alertaria els vigilants i probablement despertaria els que li havien donat tanta confiança, i a més a més, sentia un gran respecte pels cocodrils. Es preguntava què seria d'ell quan l'Amed ja no el necessités, cosa que passaria en un temps no gaire llunyà. Sabia que en Mose i la Tiye l'apreciaven i que mai no el deixarien de banda, però, en el seu interior alguna cosa li deia que hauria de seguir un camí nou lluny d'aquelles persones entre les quals es trobava tan a gust.

Ja era un home i li agradava mirar les noies de la seva edat que anaven a rentar roba al riu i també sentia la necessitat de poder dir-los: «Em dic Jeruef, sóc...». Però, què era?

Un criat d'una bona família a qui sens dubte no mancaria la feina. Encara que, amb això no en tenia prou. Estava traint els seus amos amb aquests pensaments? Podia reclamar per a ell una posició social diferent? Egipte permetia que un criat assolís altres metes? Ara un arquer amb el seu arc, ara una barca, ara...

De sobte alguna cosa va cruixir a prop d'ell. Va deixar de fantasiar amb les estrelles, va fixar els ulls i va intentar escoltar amb més atenció. L'aigua del Nil i algun grill... Res més... Res més? En Jeruef es va aixecar d'un salt i li va semblar veure una figura que es movia ràpidament. L'ombra d'una palmera batuda pel vent? El seu cor es va accelerar. Va mirar la riba i es va tranquil·litzar en veure els soldats sense cap símptoma d'alarma... Aleshores es va voler convèncer que la seva alarma era injustificada i amb cautela es va acostar fins a uns fardells protegits per fulles de canya. Va separar algunes fulles i va sentir una respiració agitada.

Era la seva? No ho podia assegurar, però va notar-se els peus humits.

Estava trepitjant un bassal d'aigua.

Amb els primers raigs de sol, les naus adquirien l'animació natural de cada trenc d'alba i aviat es van allunyar de la riba per prosseguir el viatge.

–Senyor, senyor –la veu d'en Jeruef sonava inquieta i va despertar en Mose–. Perdoneu que us desperti, senyor.

El pare de l'Amed es va sobresaltar creient que alguna cosa greu li havia pogut succeir al seu fill.

–Què passa, Jeruef? Li passa alguna cosa a l'Amed?

–Oh, no, el vostre fill dorm plàcidament, senyor.

–Aleshores, a què es deu la teva inquietud?

Abans de respondre, en Jeruef va mirar al seu voltant per assegurar-se que ningú no els veia ni els podia sentir.

–El que haig de dir-vos ho faig perquè conec la vostre bondat i perquè a ningú més no li confiaria el meu... descobriment, senyor... Bé, sí, confiaria en la vostra esposa, però no m'atreveixo a pertorbar el seu descans.

–Descobriment? Parla clar, Jeruef! Estic perdent la paciència.

–Aquesta nit, a coberta... –parlava en un to molt baix i mesurant les paraules.

–Anaves a orinar i un cocodril ha saltat per mossegar-te?

–Oh no, senyor, espero tenir fills algun dia.

Aquella petita broma va aconseguir que en Jeruef es tranquil·litzés.

–He vist que alguna cosa es movia ràpidament... A coberta.

–Si es tractava d'un animal hauries d'haver donat l'alarma.

–No, no es tractava d'un animal.

–Jeruef, parla!

–Senyor –en Jeruef va adquirir un to falsament segur–, en aquesta nau tenim un... convidat... O millor dit, un intrús.

Les paraules d'en Jeruef van provocar una reacció irada d'en Mose.

–Per tots els déus, Jeruef, hem d'avisar al general Yassir, algú pot estar en perill! –Mentre pronunciava aquestes paraules, el pare de l'Amed havia fet una passa per intentar localitzar al general, però, sorprès, es va trobar forcejant amb el seu criat que l'agafava amb força.

–Perdoneu, senyor, sé que no tinc cap dret a retenir-vos, però us asseguro que ningú no corre cap perill.

–Es pot saber què pretens?

D'una forta empenta en Mose va aconseguir desempallegar-se d'en Jeruef, però malgrat estar encara exaltat, la sorpresa de veure que havia utilitzat la força contra el jove el va aturar prou temps per mirar-lo als ulls.

–Senyor, heu de confiar en mi... Jo mateix l'he amagat –va dir en Jeruef en un to suplicant i humil.

–Jeruef! Maleït sia, i pensar que jo mateix et vaig confiar la seguretat del meu propi fill. Vaig a buscar el general i tu li diràs on has amagat..., qui sap qui!!! I després ja pensaré què en faig, de tu!

–Feu-me el que em mereixi, senyor, però no alerteu el general sense escoltar-me una mica més. Heu d'ajudar-me, us ho prego.

–Però...

–Vós sabeu escoltar, senyor.

En Mose es va deixar portar pel seu bon cor. Coneixia massa la bondat d'en Jeruef per no donar-li l'oportunitat de parlar, tot i que pensava que la seva falta era molt greu.

–Sigues breu i resa perquè no m'equivoqui donant-te altre cop la meva confiança.

Poc després, en Mose i en Jeruef s'acostaven al general Yassir, que estava escrivint un missatge per al responsable de la nau que encapçalava el viatge.

Sense cap salutació prèvia, just al contrari de la norma de cortesia en trobar-se per primera vegada cada dia, en Mose es va dirigir al responsable de la seguretat en un to molt preocupat.

–General, en Jeruef ha d'explicar-vos una cosa. Us prego que l'escolteu amb la màxima serenitat possible.

En Yassir va advertir, per la solemnitat de les paraules d'en Mose, que passava alguna cosa anormal. Va deixar d'escriure per adquirir un aspecte en què es reflectia una tensió controlada, la mateixa que mostra un lleó quan percep un perill desconegut per a la seva bandada.

–Parla, Jeruef –va pronunciar amb una veu intimidatòria.

Fou tan greu el to del general que en Jeruef volia parlar, però no podia. En Mose li va posar la ma a l'espatlla i el va convidar a seure.

–Tranquil·litza't, Jeruef.

–Jo... Veurà ge...neral... El cas és que...

El general va obrir els ulls de manera desmesurada i expectant mentre les celles espesses semblaven posar-se-li de punta. Per un instant va mirar en Mose, que movent el cap li demanava tranquil·litat. De sobte, més que parlar, en Jeruef va vomitar unes paraules a gran velocitat.

–A bord hi ha una persona més... –i va afegir a continuació:– però no és perillosa!

L'última frase va passar desapercebuda pel general, ofegada per la seva pròpia veu, que cridava ordres com un tro.

–Guàrdies, alerta màxima! Posició d'emergència. Màxima seguretat per a en Mose i la seva família!!!

En Jeruef maleïa la seva inoportuna ineptitud per expressar-se mentre en Mose tractava de seguir els passos decidits del general en un intent inútil perquè no s'estengués l'alarma.

En uns segons es va produir el caos més ordenat que mai no es podia haver imaginat. En Mose es va veure envoltat de soldats, d'altres irrompien sense cap mirament en els dormitoris on descansaven la Tiye i l'Amed, mentre la resta de la tropa de bord seguia el general.

Des de l'interior del cercle improvisat que els soldats havien format entorn d'en Mose, aquest cridava com mai no ho havia fet.

–General, no hi ha cap motiu per això, no n'hi ha. Us demano que escolteu en Jeruef o escolteu-me a mi!

De sobte el cercle es va obrir i en Mose va poder veure els rostres sorpresos i atemorits de la seva esposa i del seu fill, que li dirigien una mirada interrogant. El nas del general fregava el d'en Jeruef.

–Parla, Jeruef!

Però fou en Mose qui ho va fer.

–General!

En Yassir va llançar una mirada cap a en Mose i aquest va moure les mans demanant calma. El general va respirar profundament i amb un simple gest va fer que els soldats relaxessin la seva actitud sense perdre, però, les posicions.

–Us calmareu si us dic que hi ha un gat a bord? –va manifestar sorprenentment en Jeruef, que sentia l'alè del general a la seva cara.

En Mose va mirar desesperat cap al cel al mateix temps que exclamava:

–Jeruef, t'ho prego, no ho compliquis més!

–Ho sento, senyor, però un gat és més perillós que... –El general va fer un gest d'impaciència.– Que ella.

–Ella? –va dir el general realment sorprès–. Qui és ella?

En Yassir va mirar al seu voltant. Els soldats, en situació tensa, la Tiye, espantada, l'Amed, perplex, en Jeruef, intimidat... Fou en Mose qui li va transmetre, sense parlar, la sensació que no hi havia motiu per a tant enrenou.

Només amb un gest del seu superior, els soldats van permetre que la Tiye i l'Amed es reunissin amb en Mose.

–General –va dir en Mose al mateix temps que tranquil·litzava la seva esposa i el seu fill–, crec que el millor en aquests moments és que en Jeruef vagi a buscar a..., «ella»..., i la porti fins aquí.

El general va mirar en Jeruef.

–Ho estic esperant!

–Però, com? Quan ha pujat a bord? –va exclamar molt enutjat en Yassir quan va veure en Jeruef acompanyat d'una jove, indubtablement núbia, per la seva pell negra. La gravetat es va reflectir immediatament en els rostres dels soldats, que s'adonaven que aquella xicota havia burlat la seva vigilància, cosa que representava una falta molt greu. La Tiye, portada pel seu instint de protecció, es va acostar a la jove atemorida i va intentar transmetre-li serenitat. L'Amed havia agafat la mà del seu pare. En Jeruef s'havia transformat, com si la presència de la noia li atorgués una responsabilitat. Ara estava serè.

–Com veieu, general, no amaga cap perill.

–Qualsevol persona capaç d'esquivar els meus soldats és un perill, encara que es tracti d'un ésser d'aparença inofensiva.

–Ha pujat a bord poc abans de l'alba –en Jeruef no estava intimidat, fins i tot sentia una estranya força en el seu interior–. Lliscava amb els moviments d'una serp i una agilitat sorprenent, potser per això ni els vostres soldats ni ningú no han pogut veure-la. L'atzar s'ha aliat amb mi i l'he descoberta.

–Dels meus soldats, Jeruef, només en parlaré jo.

–Sí, senyor –va dir amb respecte i fermesa en Jeruef.

–Escolteu-me, general –va intervenir en Mose–: en Jeruef estava a coberta i li ha semblat veure alguna cosa anormal. En lloc de donar l'alarma l'ha vençut la curiositat i el dubte o el temor de provocar una alarma injustificada. Però, en descobrir-la...

En Jeruef va fer el que mai no havia fet abans: interrompre en Mose.

–Tenia por, general. Hi havia por en els seus ulls. I jo he tingut por per..., i disculpeu-me, pels vostres soldats i per ella. Per ella, perquè no hi havia cap maldat en la seva mirada i sí, súplica, i pels vostres soldats, perquè delatar-la significava, tal com ha passat, descobrir una falta greu d'aquells que maneu.

–General –ara era la Tiye qui hi intervenia–, no hi perdrem res si em permeteu oferir roba eixuta i digna a aquesta jove.

–He d'interrogar-la!

–I així serà, general.

–Emporteu-vos-la i torneu a dur-me-la tan ràpid com sigui possible.

En Yassir va llançar una mirada als soldats que, rígids, esperaven la reprimenda i el càstig.

–Després de parlar amb la jove, vull analitzar el que ha passat amb tots vosaltres!

Amb un altre gest del general, els soldats van tornar als seus llocs habituals. En Mose es va quedar prop del militar. En Jeruef es va allunyar amb l'Amed.

–Us demano disculpes, Mose. La meva obligació és protegir-vos i, no obstant, aquest fet hauria pogut posar en perill la vostra persona i la vostra família... I també la missió que se us ha encomanat. Només desitjo que tingueu més encert en la vostra comesa que jo en la meva.

–Us entenc, general, us entenc. Potser és més difícil aturar o combatre qui fuig que qui ataca.

El general va ajuntar les celles en gest interrogant.

–Com a responsable de la vostra seguretat em sento profundament disgustat i decebut pel que ha passat, però com a home agraeixo que aquest fet m'hagi permès escoltar aquestes paraules que acabeu de pronunciar i que mai no oblidaré.

La jove estava dreta davant del general. Portava una túnica ocre que li havia deixat la Tiye. Els seus cabells eren tan negres com la seva pell, i el seu cos era prim, encara que semblava fort. Era més alta del que abans li havia semblat al militar. Tenia els ulls grans i foscos.

–Com t'has atrevit a pujar a una nau del Faraó?

–Ha estat un acte desesperat.

–Si els meus soldats t'haguessin descobert t'haurien pogut matar.

–No crec que els soldats del Faraó matin si no hi ha perill per a ells o per a qui protegeixen. No estava armada ni amb una simple daga artesana.

–Has corregut un gran risc. Per què?

–Fugia.

El general es va aixecar. Utilitzava les preguntes per mirar els ulls de la jove, com si hi descobrís més que en les respostes que pronunciava amb la boca.

–De què fugies? De qui?

–De les injustícies. Dels poderosos de Tebes.

En Yassir va deixar que passessin uns moments. Admirava la serenitat de la persona que tenia davant.

–Parla –va dir abans d'asseure's.

–Com veieu, sóc núbia. Fa un temps tota la meva família fou obligada a desplaçar-se fins a Tebes per treballar en els temples. El meu pare i els meus germans són hàbils amb el cisell i escriuen a les pedres. La meva mare i jo cuidem els malalts.

–Què rebeu a canvi?

–Seguir vius, suposo. Sóc testimoni que molts homes cauen per treballar llargues hores sota el sol sense rebre ni una mica d'aigua per calmar la set. D'altres queden aixafats per grans blocs de pedres, molts pateixen accidents i perden els braços i les cames. Si això passa, desapareixen. Ningú no vol un esclau mutilat, excepte els cocodrils.

Normalment aquell interrogatori s'hauria produït en unes circumstàncies més severes i reservades. Però en Yassir va acceptar la presència de la família que havia de protegir. Sota l'ombra d'unes canyes seques, la xicota responia amb serenitat. El general mantenia un to de serietat, però no d'intimidació. Preguntava amb el mateix rigor que un pare interroga un fill al qual creu autor d'algun acte no gaire afortunat.

–Com et dius?

–Jana.

–Què pretenies al pujar a bord?

–Fugia.

–Creies que el Faraó viatjava en aquesta nau?

–Vaig córrer tota la tarda per la riba fins que vaig caure exhausta, sense forces. Els meus perseguidors no em van trobar i em vaig despertar quan tot era fosc. Vaig veure la llum del foc dels soldats. Vaig pensar que es tractava dels que em buscaven. Un cocodril em va espantar, vaig fugir corrents i em vaig acostar a la foguera. Vaig veure les naus i vaig entendre que els soldats les custodiaven. Sí, vaig pensar que el Faraó hi viatjava. No tenia cap altra sortida que pujar a bord i explicar-li el que està passant.

–I vas pensar que el Faraó t'escoltaria?

–No el conec. Conec els qui actuen en el seu nom. Potser ell és millor.

El general es va moure inquiet en el seu seient.

–No sembla que tinguis por.

–La por m'envolta. Suposo que m'hi he acostumat.

–Les teves acusacions són molt greus.

–Perquè són greus els actes que denuncio.

–Jo no sóc jutge, noia! No és la meva missió jutjar. Parles de la gravetat dels actes que denuncies i jo només sé que has gosat pujar a bord d'una nau del Faraó.

–Sóc núbia, senyor –era la primera vegada que la Jana es dirigia al general afegint-hi la paraula *senyor*–, i el meu poble és, des de fa molt de temps, part del regne del Faraó. Si sóc egípcia, mereixo la protecció d'aquell que amb la seva espasa i amb el seu braç defensa Egipte.

Un altre cop, un llarg silenci. Per més que s'hi entossudia, en Yassir no podia descobrir cap indici de falsedat en les paraules de la Jana.

–Parles bé, jove. Qui te n'ha ensenyat?

–Els meus pares i els pares dels meus pares, abans de ser conduïts fins a Tebes, em van ensenyar tot el que sé.

El general va mirar en Mose, que fins aleshores, per respecte a en Yassir, s'havia quedat en silenci. Aquella mirada fou l'acceptació perquè participés en l'interrogatori.

–Dius que en nom del Faraó es roba i es mata. En tens proves?

Abans de respondre a en Mose, la Jana va fer un llarg sospir. Per a ella fou un alleujament desviar la mirada cap a una altra persona.

–Senyor –va dir aquesta vegada en un to menys tens i més trist–, la por tanca boques però l'evidència de la mort les obre. Com he dit, la meva mare i jo atenem els malalts, els accidentats que poden ser recuperats per treballar. En cas contrari, desapareixen. Però alguna vegada algun moribund ens ha explicat las malifetes del visir Shasli i dels soldats que té sota el seu poder.

El general Yassir es va aixecar i va endurir el rostre i la veu.

–Vés amb compte, jove, estàs parlant de l'exèrcit del Faraó, al qual jo pertanyo i represento.

–Senyor –va contestar la Jana gairebé amb desesperació–, aquí no hi ha exèrcit enemic per combatre; aquí, senyor, l'enemic del Faraó és el seu màxim representant.

–I en què consisteixen els robatoris, Jana?

Era de nou en Mose qui havia pres la paraula, trencant la tensió per un moment. En pronunciar *Jana* ho va fer amb un to deliberadament tranquil·litzador per a la jove.

–Oh, senyor, si es poguessin explicar els tributs que es recullen i els que arriben a Memfis! O apropeu-vos al temple que el Faraó va manar construir en honor seu... Quin és el destí de les pedres que són extretes de les pedreres properes a la primera cascada? El Faraó fa molt que no visita aquest lloc i la seva absència és aprofitada per robar blocs sencers del seu temple que, juntament amb els que arriben de Núbia, van a parar al gran palau que el visir s'està construint.

–Em pensava que es podia tractar d'un rumor, però no per això vaig deixar de comunicar-ho a en Mermeptah, fill del Faraó, que ens va honorar amb la seva presència. El temple al qual es refereix la Jana és el Ramesseum, on s'hauran de fer els actes funeraris de Ramsès quan sigui el moment. M'han arribat veus que ha patit un deteriorament important. Jo mateix em vaig oferir per comprovar-ho, però no em podia allunyar de casa mentre esperava per marxar cap a la que serà la meva última missió per al meu rei. Ara les coses han canviat. Potser trobarem una manera de visitar el temple. A més a més, les pedreres s'estan esgotant i cada pedra que s'arrenca de la terra té un destí determinat. Si algú fa extreure els blocs en benefici propi està cometent una falta molt greu i, el que és encara més greu, està sotmetent centenars d'homes a un esforç innecessari.

–Ja he dit que no sóc jutge –va afirmar el general.

Fou la Tiye qui es va dirigir a la Jana:

–Encara no has dit què et va impulsar a fugir.

La Jana va mirar la Tiye i per primera vegada els seus ulls brillaven per les llàgrimes.

–La meva pell no és com la vostra, senyora, és més fosca. Si alguna cosa desapareix del poblat, si hi ha un robatori, un nubi ho paga. Si un home nubi es defensa d'un traïdor de pell més clara i el mata o l'escomet, després morirà sense judici. L'esposa del visir va caure malalta. Un escorpí va clavar-li l'agulló al peu. Els soldats del visir van venir a buscar-nos a la meva mare i a mi. Ens van portar fins on era ella. Quan vam arribar, era morta. Per la rigidesa del seu cos, la meva mare va saber de seguida que la seva mort no s'havia produït aquell mateix dia, i va deduir que devia fer dos dies que no respirava. Aleshores, senyora, per què van enviar els soldats a cercar-nos? Un escorpí deixa el seu verí a la sang de l'estimada del visir i els metges no poden fer res per ella. Saben que patiran la repressió del seu amo i que els privarà de les seves riqueses o els condemnarà a morir. Per això, senyora, menteixen al visir, li diuen que la seva esposa pot salvar-se amb un tractament que ells desconeixen però que saben que ha salvat molts esclaus nubis, un tractament que apliquen una dona núbia i la seva filla. Ens vénen a buscar... La resta és fàcil d'endevinar... És com si els sentís acusant-nos: «Salven els de la seva raça i deixen morir l'esposa del visir».

–I la teva mare, Jana, també va fugir ? –va preguntar la Tiye.

–Quan la meva mare va entendre que ens havien anat a buscar per parar-nos una trampa, va saber que estàvem en perill i em va dir: «Fuig, Jana, corre tant com puguis, no et deixis atrapar».

Van cessar les paraules i les llàgrimes brollaven amb força dels ulls de la Jana. La Tiye la va abraçar amb força.

–Amic –va dir en Yassir dirigint-se a en Mose–, les meves ordres són portar-vos al vostre destí sense més interrupcions que aquelles derivades de contratemps propis d'un viatge d'aquestes característiques. Em sembla que –va afegir amb un to de complicitat que va fer somriure en Mose– les provisions que portàvem a bord s'han perdut en caure a l'aigua. Molt em temo que hem d'aturar-nos a Tebes per un nou avituallament... I si no m'equivoco, Tebes és allò que es divisa darrere d'aquella colzada del Nil.

47

Dues embarcacions reials navegant pel Nil no passaven desapercebudes, i molt menys en uns temps en què el Faraó feia anys que no s'allunyava de Memfis. Els camperols que treballaven a les ribes del riu sagrat van fer que la notícia corrés de boca en boca. Hi devia viatjar el gran Ramsès? El vell mandatari estava recorrent el país per acomiadar-se dels seus súbdits? Tornava a Tebes per reviure els millors temps del seu regnat?

En els jardins del palau fastuós de construcció recent, en el qual les obres encara no s'havien culminat, el visir Shasli, enfurit per la mort de la seva esposa i per la fugida d'una de les núbies que havien estat avisades per salvar-la, s'enfrontava ara a una nova notícia.

–Si Ramsès viatgés en aquestes embarcacions m'ho haurien comunicat –va cridar quan un oficial li va confirmar la proximitat de les naus–. És impossible que el Faraó recorri Egipte sense que la notícia s'escampi ràpidament. Es deu tractar d'una expedició no oficial.

Els raonaments d'en Shasli, audaç com pocs, sempre eren encertats. Però encara tenia molts interrogants al cap. Qui anava a bord de les naus? Potser el successor mateix de Ramsès? Per què ningú no li havia comunicat oficialment aquella visita? Potser és que havien arribat fins a Memfis les seves malifetes i el Faraó enviava els seus homes de confiança perquè ho investiguessin?

La certesa que aviat sortiria de dubtes, davant la imminent arribada de les naus, el va fer ser pacient.

Les embarcacions havien arribat al moll de Tebes enmig d'una expectació enorme. Una gran multitud s'hi havia congregat. La possibilitat que el Faraó hagués tornat a aquella ciutat després d'un llarg temps d'absència, havia despertat il·lusions oblidades.

A bord, en Jeruef estava absort mirant l'entrada del temple més gran mai construït.

–Has vist això, Amed? I jo que pensava que les piràmides eren les obres més colossals que podrien contemplar els meus ulls!

De la primera nau va baixar la tropa. Un grup de soldats es va interposar entre les embarcacions i la multitud, i un altre grup més reduït es va allunyar molt ràpidament amb un missatge per al visir Shasli.

En Mose, seguint el pla traçat pel general, havia adoptat un aspecte molt diferent.

–Us acompanyaran deu homes i el meu millor oficial –va dir en Yassir.

–Era necessari que em vestís amb les vostres millors gales, general?

–Un grup de soldats dirigits per un oficial sota les ordres d'un general no despertarà cap sospita. Si us veiessin vestit de civil, semblaria estrany. D'aquesta manera res no semblarà anormal. Podeu formar part d'un grup de caça, o d'un canvi d'homes de les tropes de seguretat de la zona. Però recordeu-ho, us demano la màxima celeritat. Quan les naus tornin a estar carregades de queviures, no podrem retardar la sortida sense aixecar recels. Heu de tornar abans que el sol caigui darrere d'aquells turons.

–Tingueu cura dels meus, general.

–Us asseguro que no correran cap perill.

El general va observar com en Mose i els seus soldats creuaven el Nil en una embarcació cap a la riba de ponent. Al seu costat, la Tiye s'acomiadava sòbriament del seu espòs per no cridar l'atenció de ningú que estigués pendent dels moviments de bord.

–Bé. Ara, Tiye, endueu-vos la xicota i transformeu-la amb les vostres mans. Que sembli una princesa! Quan en Mose torni de visitar el temple del nostre Faraó, potser tindrem proves que la Jana ha dit la veritat.

–Vós sabeu, general, que si la veritat es reflecteix als ulls, la Jana no ha pronunciat ni una sola mentida. El que m'entristeix és no poder saber quin ha estat el destí de la seva mare.

–No puc enviar més homes a investigar, senyora. Hem d'esperar.

El Sol es trobava en el punt més alt quan els soldats que havien anat a la recerca del visir s'apropaven a les naus acompanyats per tres carros que deixaven anar llampecs encegadors, tirats amb força per uns magnífics cavalls negres.

L'Amed havia estat testimoni mut dels esdeveniments de bord. Malgrat la curiositat, no va intervenir en aquell assumpte. Va recordar les paraules de la seva mare poc abans d'iniciar el viatge: «Sigues pacient en l'espera i generós en la col·laboració». D'acord amb el desenvolupament dels fets va comprendre que havia de continuar sent pacient.

El visir era un home d'estatura mitjana que aparentava uns cinquanta o cinquanta-cinc anys. El Faraó havia donat grans poders a homes de confiança per fer arribar la seva política a tot el país. En els primers anys de mandat i sempre que en tenia l'oportunitat o quan tornava triomfal de les guerres, a Ramsès II li agradava recórrer el Nil per sentir el fervor del seu poble, inaugurar monuments alçats en honor seu, veure amb els seus propis ulls l'evolució d'Egipte i escoltar sense intermediaris els problemes del país on regnava.

Ara, però, el Faraó ja feia molt de temps que no s'allunyava de Memfis. Amb l'edat havia perdut l'entusiasme, cosa que compensava amb una saviesa més gran, però la mort d'alguns dels seus fills en el camp de batalla i en accidents de caça havia minat la seva moral.

A més a més, hi havia una lluita interna per la successió i no tots els fills que el sobrevisquessin acceptarien amb resignació no ser els escollits per ocupar el tron. Gairebé no podia confiar en ningú i temia que allunyant-se de Palau per un temps llarg, es produïssin esdeveniments que desitjava evitar costés el que costés. Alguns dels sacerdots que l'envoltaven també estaven enfrontats entre ells per l'interès que tenien en els diferents aspirants a governar Egipte. El gran visir de Tebes, que acabava de pujar a bord, no era aliè al que succeïa a Memfis; si de cas, la distància entre totes dues ciutats podia tergiversar la realitat dels missatges que rebia.

Era noble la seva actitud cap als principis i interessos del Faraó i cap als habitants del país? Potser el visir s'estava aprofitant de la falta de control en benefici propi? El general buscava una primera impressió de la bondat o maldat d'aquell ésser, mirant-lo fixament als ulls diminuts. En altres circumstàncies, el general hauria hagut de retre homenatge al visir, però tots dos sabien que qui viatja en les naus del Faraó només ha d'inclinar-se davant del propi Faraó. Estaven, doncs, en igualtat de condicions pel que feia al rang.

–Benvingut sigueu, general. Ja he donat ordres perquè us subministrin els queviures per poder prosseguir el viatge. Si ho hagués sabut abans, tot ja estaria disposat. Naturalment, també he manat que tot es dugui a terme amb la màxima rapidesa possible.

–Us ho agraeixo, i m'agradaria que mentre no arriba el moment de la partença compartiu el vostre temps amb el meu.

–Res no em ve més de gust, general. Com ja deveu saber, últimament no arriben fins aquí més que rumors sobre la salut del Faraó i històries difícils de creure sobre el que passa a Memfis. No sabeu fins a quin punt trobo a faltar les visites del Faraó, molt llunyanes ja en el temps. I a més a més, general, la vostra visita m'ajudarà a desviar l'atenció durant una estona del dolor terrible que m'afligeix, ja que la meva estimada esposa va morir fa només uns dies.

–Una malaltia? –va preguntar el general fingint sorpresa.

–Un accident fortuït i una negligència molt greu, general. Però no us vull aclaparar amb el meu dolor; serviu-me notícies de Memfis.

El general va preferir guanyar-se la confiança del visir i va evitar interrogar-lo sobre les circumstàncies de l'esdeveniment. Havia d'esperar el moment oportú segons el pla que havia pensat.

–El Faraó està ansiós per tornar a Tebes. Com sabeu, quan va partir cap a Memfis, només pretenia estar-se un període breu a l'antiga capital. Però els problemes amb els països propers al mar l'hi han retingut fins avui.

–Els problemes amb els països estrangers... i potser la lluita interna per la successió. Fins aquí han arribat veus que un dels seus fills, en Mermeptah, serà l'escollit –va dir en Shasli, tempte-jant l'home que tenia davant.

–En Mermeptah, el qual jo mateix he tingut a la meva tropa, és un jove amb grans virtuts –va contestar amb cautela el general–, hàbil en l'estratègia i fort en la lluita, i a més a més molt ben preparat pels millors mestres i els savis més reconeguts d'Egipte. Malgrat tot, només el Faraó sap qui escollirà com a successor. En Mermeptah, com molts dels seus germans, només és una possibilitat.

–I penseu que el successor de Ramsès ha de ser un dels seus fills? Es parla que alguns sacerdots preferirien que no fos així. Ramsès és inigualable.

El pes de la seva successió potser no hauria de caure sobre les espatlles d'un familiar, ja que les comparacions podrien ser insuportables.

–El més semblant a Ramsès sempre serà aquell que porti la mateixa sang. No creieu?

El visir Shasli va somriure en un gest de complicitat forçada. Havia comprès que el general era un home molt hàbil en la conversa.

En Mose, juntament amb el grup de soldats, deixava enrere l'exuberant vegetació de la riba occidental del Nil i ja divisava les primeres formes del temple dedicat a Ramsès. No gaire lluny d'allà, en una vall d'accés difícil, en un lloc que només coneixien uns quants, l'esperava una cita cada cop més imminent si, com era lògic, Ramsès moria abans que ell. En Mose recordava perfectament el dia en què després d'inaugurar amb grans fastos el Ramesseum, el Faraó el va citar una altra vegada per parlar-li del seu futur: «No m'has decebut, Mose. El meu temple m'enorgulleix; és realment una obra magnífica i s'ajusta al que et vaig demanar. Sé el sacrifici que t'ha comportat durant els anys de feina, estant períodes llargs allunyat dels teus per servir-me. Des d'avui, la teva feina serà a Memfis, a prop de les piràmides que tant t'obsessionen i a prop meu, ja que estic encuriosit per tot allò que descobreixis sobre les piràmides. També vull que formis noves generacions i els transmetis els teus coneixements. Potser algun dia, Egipte deixarà de tenir construccions de fang i els seus ciutadans podran viure en obres més estables. Només t'encomanaré una obra nova que espero que tardis molt a realitzar, una obra per a la qual et seran confiats grans secrets sobre els meus avantpassats; una obra, Mose, que hauràs de preparar amb passió, amor i saviesa. Tu construiràs la meva última estança, des de la qual partiré cap als déus. Tu seràs el responsable que el meu cos descansi en un lloc segur mentre la meva ànima viatja per trobar-se amb l'eternitat.»

Però el Faraó hi havia hagut de recórrer molt abans del que havia previst, per fets que no esperava. Abans de construir la darrera estança del Faraó, en Mose ja havia construït una gran tomba a la vall secreta per acollir els descendents morts de Ramsès.

Potser de tornada de la seva missió, si no hi havia gaires urgències a Memfis, en Mose tindria temps de desplaçar-se fins a la vall per decidir on començaria l'excavació i visitar el poble del qual ningú no podia sortir, un lloc perdut abans de l'entrada de la vall, on els habitants eren grans artistes, obrers especialitzats, guixers, picapedrers, pintors. Homes i dones cuidats pel Faraó però també condemnats. No els havia de faltar res, disposaven dels millors aliments, però a canvi, tenien prohibit allunyar-se d'aquell lloc, ja que eren coneixedors dels secrets de la vall en la qual descansaven per sempre els cossos i tresors de molts reis d'Egipte. Quan en Mose va arribar per primera vegada a aquell poblat, una sensació estranya d'ofec es va apoderar d'ell. En un espai lliure es va sentir presoner. Va arribar amb l'encàrrec de construir una tomba per al primer fill mort del Faraó. Aleshores va tenir una idea: va decidir construir una tomba grandiosa, amb passadissos llargs i sales enormes, on podrien descansar per sempre tots els fills de Ramsès quan els arribés el moment. El Faraó va felicitar en Mose per la seva idea al mateix temps que demanava als déus que triguessin molts anys a cridar els seus fills. En Mose no li va dir tota la veritat. No va mentir, simplement no va dir al Faraó que, si la seva vida era molt llarga, els habitants d'aquell poblat no treballarien i les seves habilitats es perdrien. D'aquesta manera, mantenint-los actius en la construcció d'una tomba que duraria molts anys, el pintor podria ensenyar al seu fill a pintar, el guixer faria el mateix amb el seu descendent, el tallador amb el seu i així, els coneixements passarien de pares a fills.

Perdut en els seus pensaments, la veu de l'oficial ordenant als cavalls que aturessin la marxa el va tornar a la realitat. Els cavalls renillaven agraint el descans i l'aigua que immediatament van portar els vigilants d'aquell lloc, visiblement alterats per la visita inesperada i el rang de la persona que duia el comandament.

L'oficial va baixar del carruatge i va enfilar sense vacil·lar l'entrada del temple. En Mose va haver de fer un esforç per seguir els seus passos vigorosos. Eren gambades fermes, com si estigués representant una desfilada triomfal. L'oficial era altiu i la seva presència intimidava. En Mose va saber aleshores que no només havia d'anar vestit de general, havia d'aparentar-ho. Va endurir, o va creure que ho feia, el seu rostre, va aixecar el mentó, va caminar sense mirar el terra i ni tan sols va parpellejar. Per primera vegada en la seva vida, es va alegrar d'una cicatriu de l'avantbraç, record permanent d'aquell dia en què en plena construcció del temple que ara visitava, va estar a punt de morir aixafat per un bloc de pedra que havia trencat les cordes que l'estiraven. Aquella marca bé podia indicar una ferida de guerra als que en desconeixien la procedència. En Mose va somriure interiorment per aquell pensament. Sovint una cicatriu és, per a un militar, més important que una recompensa, perquè parla de la valentia en la lluita. L'oficial va donar una ordre als soldats que feien guàrdia davant l'entrada principal del temple, es van quadrar davant seu, i en Mose va entrar a l'interior de la fastuosa construcció. No va tardar gens ni mica a descobrir la desaparició de dues columnes enormes rematades amb el símbol de la flor de lotus. Recordava perfectament els plànols que va dissenyar, els diàlegs amb el Faraó i fins i tot les discussions. Ramsès preguntava, cent vegades si era necessari, sobre els aspectes del projecte i en Mose havia d'explicar-li el motiu pel qual alguns capritxos del Faraó no es podien fer. En Mose havia estat testimoni amb els seus propis ulls de la col·locació d'aquelles dues columnes, amb uns textos gravats que recollien lloances als déus. Quan el Faraó les va veure per primera vegada va quedar impressionat. Però les columnes ja no hi eren. A prop d'on s'alçaven es podia veure a simple vista el rastre inequívoc que havien deixat en ser arrossegades per terra fins a descansar sobre els troncs que devien haver servit per al trasllat. Aleshores en Mose va veure el cel i el sol en una de les sales fosques, on hauria d'haver vist un sostre escrupolosament gravat i pintat. Ell ja en tenia prou. Algú havia manat desmuntar part de la seva obra, part de l'obra destinada a perpetuar la memòria del Faraó, part de l'obra creada per aconseguir la benedicció dels déus per al seu elegit Ramsès.

I aquell algú devia tenir prou poder per atemorir els qui podien denunciar-lo.

La feina de la Tiye havia estat una obra d'art. Maquillada com una autèntica princesa i vestida amb una túnica blava, era impossible que el visir intuís que estava davant de la jove núbia que els seus homes buscaven. El pla era arriscat i podia malmetre's precisament pel costat de la Jana. La xicota tenia davant, l'home que potser havia ordenat assassinar la seva mare. En principi, el general havia sospesat la possibilitat d'amagar-la, però va rebutjar aquesta idea i va pensar que una princesa núbia podia posar nerviós el visir, i el general sabia per experiència, que un rival nerviós era el preàmbul de la seva derrota. Havia de jugar aquesta carta. Tot s'havia de dur a terme amb rapidesa.

Li va dir a la Jana que no s'enfonsés ni es deixés portar per la ira, que actués amb altivesa i orgull, ja que si el seu relat era cert, aquella era la millor manera de descobrir el deslleial i traïdor. Sense separar-se d'ella, la Tiye adoptava el paper de cortesana al servei de la princesa. En Jeruef era l'únic que mantenia el seu paper de fidel servidor, havia de cuidar l'Amed i ser a prop per si la princesa o la cortesana el reclamaven.

–Princesa, heu dit? –va interrogar el visir al general sense poder dissimular un gran disgust.

–Això he dit.

–Mai no havia sentit a parlar d'una princesa núbia a la cort del Faraó.

–El Faraó és un savi –li va dir en Yassir amb un to confident, un gest obligat per guanyar-se'n la confiança–. Aquesta jove, juntament amb cent més, fou portada als Palaus Reials quan tot just començava a alimentar-se amb les seves pròpies mans. Allà ha estat educada amb el respecte cap al Faraó i tot el que ell representa. Ha tingut els millors mestres. La que veieu ha estat, de molt, la millor i per això, l'escollida.

El visir va passar una mà pel seu mentó i va mantenir el to confidencial del seu interlocutor.

–Escollida? Amb quin objectiu?

–Oh, a Memfis no es parla d'altra cosa. El Faraó guanyarà una altra batalla però sense vessar ni una sola gota de sang, sense sotmetre les tropes a cap gran malbaratament d'energies, sense perdre les reserves de gra que qualsevol guerra provoca. Núbia fou rebel i sempre ha mantingut temptatives de rebel·lia. El Faraó desitja, en un futur proper, que la màxima autoritat d'aquesta regió recaigui en una persona núbia. El destí de la princesa està marcat per aquest enorme honor. El Faraó està convençut que amb aquesta mesura, Núbia deixarà d'alimentar somnis ancestrals i viurà en pau participant en el progrés amb la resta d'Egipte. Però no us puc explicar res més davant d'altres persones.

Un gest d'incomoditat es va apoderar del visir.

–Parlem, doncs, en un lloc més segur.

–La cortesia ens obliga a romandre davant d'ella fins que es retiri. A més a més, la princesa té un interès enorme a conversar amb Shasli, el gran visir de Tebes.

De bona gana el visir hagués baixat de la nau per no passar pel que considerava una humiliació. Ell, a qui tots temien, ell, el designat pel Faraó per administrar i controlar la capital d'Egipte en absència de Ramsès, havia de conversar amb una núbia, raça que considerava inferior a la seva, per molt princesa que fos la persona que estava a punt de conèixer. Però no era el moment de provocar la ira del Faraó, i si aquell general li transmetés la seva descortesia, el rei podria prendre mesures i retirar-li la confiança que li havia dipositat.

El visir no era l'únic que pensava en silenci. El general sabia que havia arribat el moment de la veritat. Si la Jana s'enfonsava, ell mateix quedaria en una situació difícil d'explicar per haver confiat en la paraula d'una fugitiva.

–M'han parlat molt del meu poble. És realment tan rebel com m'han ensenyat?

El general va mirar la Tiye. Les paraules de la Jana, pronunciades amb serenitat i curiositat, havien estat un bàlsam per a tots dos. També el visir, molt recelós davant la situació, va pensar que els mestres de la xicota havien fet una bona feina amb ella i que, realment, aquella jove estava lliurada als coneixements i principis que havia rebut.

–No tots els nubis han tingut la fortuna de ser educats a Memfis, princesa –va dir remarcant totes les síl·labes d'una manera molt diplomàtica.

–Però encara –va insistir la Jana– no heu contestat la meva pregunta.

El visir se sentia dominador de la situació i va utilitzar la ironia per respondre.

–El que a Memfis s'ensenya lentament amb paraules aquí ho ensenyem amb altres mitjans més ràpids.

La Jana va haver de respirar profundament en escoltar aquella provocació. En Yassir va entendre que havia d'intervenir per donar-li temps. Si la Jana parlava, la seva veu podia sonar trencada.

–Malgrat tot, princesa –va dir el general–, aquest no és territori nubi i per això no crec que siguin gaires els nubis que visquin a Tebes, senyora.

–Us equivoqueu general –va prosseguir el visir, que sens dubte gaudia ferint la sensibilitat de la jove–. Les necessitats per complir els desitjos del Faraó, ens han obligat a traslladar molts nubis fins aquí.

–Quines necessitats? –va intervenir la Jana sense flaquesa.

El visir es va sentir incòmode, tal era el seu disgust per haver de respondre. Una vegada més va recórrer a la ironia.

–Suposo, princesa, que informar-vos de tots els tributs destinats a les arques del país per a l'administració de tot Egipte ha format part de les ensenyances que heu rebut. I qui millor que els nubis per obrir canals de rec, per arrossegar pedres, per aixecar temples? Us asseguro que mai no he vist espatlles tan fortes com les que posseeixen aquells que tenen el color de la vostra pell. Sí, admeto que la vostra és una raça tan resistent com un animal de càrrega. O potser, encara més, ja que els animals de càrrega tenen quatre extremitats de suport.

–Aleshores els meus mestres no m'han defraudat –va contestar la Jana amb gran aplom sense afegir-hi res més.

–Heu de saber, senyora –va dir el general, dirigint-se a la Jana–, que l'esposa del gran visir ha mort poc abans de la nostra arribada. Davant de tant dolor, és fàcil comprendre que aquesta trobada no es produeixi en el moment més oportú.

–La vostra visita –va afegir el visir– és tota una sorpresa; no en sabia res, ni de la visita ni del motiu. Us asseguro que si ho hagués sabut, hauríeu tingut una altra rebuda.

–Com va morir la vostra esposa? –va preguntar la Jana.

El general va veure com el visir tancava un dels punys en un gest reflex de ràbia.

–El verí d'un escorpí li va llevar la vida.

–I els vostres metges no van poder salvar-la? Demano als déus que no caigui malalta en aquest lloc. Em donaria per morta si hagués de confiar en aquells que no van aconseguir contrarestar el verí d'un simple escorpí.

–És ben estrany –va dir el general–. La picada d'un escorpí no és mortal si s'actua amb rapidesa.

El visir va envermellir d'ira.

–Els meus doctors van trigar a ser localitzats, i us prego que no furgueu més en la meva desesperació i que respecteu el meu dolor!

Però la Jana va pensar que aquell dolor era la ràbia que sent el poderós quan desitja descarregar la seva ira cap a l'indefens i va voler augmentar la seva provocació.

–També m'han ensenyat que aquells que cometen errors greus han de rebre un càstig. Penseu castigar els vostres metges?

La mirada que el visir va dirigir a la Jana va fer estremir la Tiye. Hi va veure odi. Però la princesa improvisada no semblava immutar-se.

El general estava expectant. En Jeruef tenia ganes de saltar a sobre d'aquell home per cometre alguna barbaritat.

–Us juro que els responsables de la mort de la meva estimada rebran el càstig que els pertoca. Si no marxeu abans d'un esdeveniment que es produirà molt aviat, m'encantaria que comprovéssiu personalment com paguen pel seu crim.

La Jana va sentir un calfred que li recorria el cos. El visir es va adonar que les seves paraules havien –per fi– impressionat la jove. El general va tensar els músculs, tement que la Jana hagués estat reconeguda.

–Encara hem d'esperar –va prosseguir el visir–, perquè una d'aquelles persones ha fugit. Si no serveix d'aliment als hipopòtams o als cocodrils, estic segur que els meus soldats la trobaran abans del crepuscle.

Aleshores, el visir va mussitar deliberadament unes paraules encara més terribles:

–I si la porten davant meu, lamentarà no haver estat devorada per un animal.

Malgrat aquestes paraules, la Jana, lluny d'ensorrar-se, es va agafar amb força a l'única esperança que li quedava. Si era cert que aquell home detestable desitjava castigar alhora la seva mare i ella mateixa, significava que la mare encara era viva. Aquella reflexió li va donar nous ànims, just quan la mà de la Tiye es va posar sobre el seu canell.

–Senyora –va dir la Tiye–, no us agradaria admirar la grandesa dels temples de Tebes?

La Jana va assentir amb el cap i es va deixar portar a l'altre costat de la nau agafant amb força la mà que li havia estès la Tiye.

El visir es va dirigir prepotent cap al general.

–Ho heu notat?

El cor del general suportava millor una lluita amb la força que la paciència.

–Dones! –va exclamar despectivament el visir–. Són dèbils. Quan he mencionat que assistís al càstig s'ha estremit –va dir fent una riallada, darrere la qual va escopir la seva ira per la boca:– Com pot el Faraó enviar una dona, i a més a més núbia, per il·lusionar el seu poble? Per molt domesticada que estigui, mai no perdrà cap d'aquestes dues condicions: dona i núbia!

–Vós esteu ferit per la mort d'una dona, senyor –va contestar el general.

El visir anava a respondre aquell comentari quan un dels guàrdies de la nau es va acostar al general. No van caldre paraules. En Yassir va mirar cap a la riba occidental i va veure amb satisfacció en Mose, el seu oficial i el grup de soldats creuant el Nil a bord d'una barcassa.

–Coneixeu els que s'apropen? –va interrogar el visir emprant un to de sorpresa i recel.

–Per descomptat, senyor. El general Mose també m'acompanya en aquest viatge.

–Dos generals per cuidar d'una princesa?

–Ja us he dit que el Faraó concedeix molta importància a aquesta jove.

La Jana no s'havia delatat. Ara era en Mose qui havia d'interpretar a la perfecció el seu paper de militar davant del visir. Encara que en Shasli no havia dit res que confirmés totalment les acusacions de la Jana, hi havia indicis que la jove no havia mentit. El general sabia ara que no hi havia dubtes sobre la mort de l'esposa del visir ni el motiu que va llevar-li la vida. També era cert que en Shasli retenia una dona i que els seus soldats en buscaven una altra. En Yassir va llançar una mirada als queviures que es carregaven a bord de les embarcacions. Gra, cervesa, aigua... estaven sent transportats amb gran rapidesa. El desenllaç havia de produir-se en el mínim temps possible.

El visir Shasli no se separava del general, com si volgués evitar que pogués parlar en privat amb l'altre militar que s'apropava.

–Hauria d'haver estat informat que una part de les vostres tropes no era a bord, general.

–Ho hauria fet si no haguéssim tingut la conversa amb la princesa, senyor.

En Mose es va apropar cap a ells amb pas ferm. Si alguna cosa el podia delatar, pensava en Yassir, era que els vestits li anaven balders; encara que eren d'alçada similar, en Mose era força més prim. Tot i així, va reflexionar el general, ell mateix, durant les campanyes, s'aprimava considerablement i sovint la roba li anava folgada. Quan en Mose va ser a prop seu, el general va agafar la iniciativa en el diàleg.

–General Mose, us presento en Shasli, el gran visir de Tebes.

–És un honor trobar-vos sa i estalvi, senyor –va dir en Mose–, perquè certament tornava alarmat.

–Alarmat? –va preguntar, desconfiat, el visir.

–Temia que el caos s'hagués apoderat de Tebes. He tornat de pressa a bord realment inquiet pel que han vist els meus ulls. Sens dubte, el gran visir de Tebes podrà alleujar el meu desànim. Com és possible que dues grans columnes del Temple del Faraó hagin desaparegut?

–Heu estat allà?

–Oh, sí, senyor! Quan vaig saber que ens aturaríem per carregar queviures, vaig decidir apropar-me al temple pel qual el Faraó sent una predilecció especial i íntima. Així m'ho ha fet saber més d'una vegada.

–I dieu que hi falten dues columnes? –El visir va fer una riallada–. Perdoneu, general, sens dubte deveu ser un gran guerrer, però em temo que la vostra ignorància en tot allò relacionat amb el Temple del Faraó és manifesta.

–He tingut l'oportunitat d'estudiar amb deteniment els plànols del temple, senyor.

–Us tranquil·litzarà saber que aquestes columnes no agradaven al Faraó. Mai no van ser aixecades; tan senzill com això.

–Mmm –va murmurar en Mose fingint sorpresa–. N'esteu segur?

–Vigileu el que dieu, general Mose! No poseu en dubte les meves afirmacions!

–No és pas la meva intenció, però sens dubte cometeu un error d'apreciació. Prop de la ubicació de les columnes hi ha empremtes que demostren que uns blocs de pedra grans i pesats han estat arrossegats cap a la sortida del temple.

–Veig que sou tossut, una bona actitud per a un militar en el camp de batalla, però un gran defecte si la vostra obstinació la utilitzeu contra mi.

–Us demano disculpes. Si dieu que el Faraó no va voler aquestes columnes no tinc per què dubtar de les vostres paraules. Segur que el Faraó se'n riurà quan, després d'informar-lo sobre els resultats del viatge, li comenti aquesta conversa. M'imagino les seves paraules: «Mose, dediqueu-vos a la guerra, no pas a l'arquitectura». Encara que, això sí, és el primer temple que conec en el qual la sala d'oracions no està coberta perquè es mantingui a les fosques.

En Shasli li va llançar una mirada furibunda.

–No m'agraden els vostres comentaris, general. No són directes. No tinc per què fer-ho però us ho diré: el sostre al qual feu referència es va ensorrar un dia que va tremolar la terra!

En Mose se sentia incòmode amb la seva disfressa, desitjava treure-se-la i dir-li a aquell home qui era, dir-li que ell havia dissenyat el Temple de Ramsès; dir-li que si la terra hagués tremolat amb prou força per enderrocar el sostre, mig temple estaria ara en ruïnes. En Mose sabia que les pedres que havien cobert la sala d'oracions havien estat perfectament acoblades i encaixades damunt les parets que en suportaven el pes, i, per tant, sabia que el fet que ja no hi fossin havia de ser fruit d'un treball artesà i delicat de moltes mans, sense que hi hagués tingut res a veure la violència. Però, podia delatar-se? Va buscar els ulls d'en Yassir. La mirada que va rebre era de suport, com si li digués: «continua, acorrala'l». En Mose sabia que en Shasli mentia i que la seva amenaça velada de parlar amb el Faraó sobre el temple devia haver inquietat el visir, ja que, per inepte o per lladre, seria acusat. Les paraules del visir, en to defensiu, el van tornar a la realitat.

–Ho sento, general Mose. Reconec que estic molt susceptible. Ja he explicat al general Yassir que aquests dies pateixo una gran pressió i tristesa a causa de la mort de la meva esposa.

Per la ment d'en Mose va passar una idea, però no tenia temps de meditar-la. Si la Jana no mentia, i ell estava segur que no ho feia, el visir vivia en un gran palau construït sense que el Faraó ho sabés, un palau on trobaria el cos de la muller esperant la momificació, i era en aquell palau on segurament trobaria les columnes i el sostre del Temple de Ramsès, i també els blocs de granit acabats d'extreure de les pedreres.

–En aquest cas, i per demostrar-vos el meu respecte, crec que el general Yassir podrà partir sense mi. General –va dir en Mose a en Yassir–, jo us atraparé abans de la primera cascada, ja que considero una obligació rendir honors a qui va ser companya del gran visir de Tebes.

–No puc consentir-ho! –fou el crit d'algú que se sentia acorralat–. Sigui quina sigui la vostra missió, us l'ha encomanat el Faraó. Vós sabeu que res, absolutament res, ha d'estar per sobre dels seus desitjos. Us recordo que com a visir de Tebes, aquí la meva paraula representa el Faraó, i les meves ordres són que partiu amb les naus.

–La nostra missió –va intervenir en Yassir– és apropar la princesa al seu poble. Hi ha cap missatge millor per a Núbia que fer córrer la veu que una princesa d'aquest poble ha presentat els seus respectes a la vostra esposa morta?

Aleshores el visir es va desesperar i ja no va utilitzar la farsa per amagar el seu odi.

–Cap núbia no s'acostarà al cos de la meva esposa, perquè heu de saber que dues dones núbies foren les culpables de la seva mort! És cert que la meva esposa va rebre el verí d'un escorpí, i també és cert que els meus metges van trigar a ser localitzats, però van acudir a aquestes dues dones per sanar la meva esposa, i elles no ho van fer. Podeu veure en aquest fet la nul·la fidelitat dels nubis cap a nosaltres, els autèntics egipcis! Aquestes dones practiquen la medicina amb els esclaus del seu poble, però es van negar a salvar la meva esposa. Això és traïció i ho pagaran!

–La vostra esposa estava morta quan ens van portar fins a ella!

La presència i les paraules de la Jana van atordir el visir.

–Què? –va poder dir només el poderós de Tebes.

Intuint un perill que encara no aconseguia desxifrar, el visir va agafar l'empunyadura de la seva daga. No va tenir temps de res més. La mà del general Yassir li va subjectar amb força el canell armat i li va provocar un crit de dolor.

–Què passa aquí? –va grunyir el visir.

–Això és el que volem esbrinar –va respondre en Yassir.

–Heu mentit sobre les columnes i el sostre del temple –va intervenir en Mose–. Probablement van ser portades al palau en què es troba el cos de la vostra esposa, un lloc que no desitgeu que visitem perquè allà també hi deu haver els blocs de pedra procedents de les pedreres; això és delicte si no ha rebut l'autorització de Ramsès, i el Faraó consulta amb els seus arquitectes aquestes decisions. Heu de saber que no sóc general, sóc l'arquitecte del Faraó. Voleu castigar dues dones núbies que no tenen res a veure amb la mort de la vostra esposa, demaneu sang innocent per saciar la vostra set de venjança.

El visir estava realment atordit i terriblement enfurit. Els seus ulls es van fixar en la Jana.

–Qui és ella?

–Ella és la jove que juntament amb la seva mare cuida els esclaus malalts. Assegura que quan van ser portades fins a la vostra esposa, ella ja era morta.

–Com podeu creure una núbia abans que l'escollit del Faraó? M'heu parat una trampa?

–L'escollit del Faraó no pot mentir, ni robar, ni dictar sentència sense escoltar –va replicar el general–. Si el Faraó hagués estat a bord, aquesta jove hauria estat conduïda fins a la seva presència. Ell l'hauria escoltat, com ho vam fer nosaltres.

–Com podeu confiar en les seves paraules?

–Pot mentir qui té la gosadia d'intentar parlar amb el Faraó cercant justícia? –va contestar fermament en Yassir.

El gran visir de Tebes se sentia acorralat. Perdria els favors del Faraó, descobririen el seu palau construït sense la benedicció del rei i amb elements robats del Temple de Ramsès, a més a més de pedres i granits procedents de pedreres pràcticament esgotades, d'on tot el que s'extreia havia de servir per reparar o ampliar els antics temples de Tebes. Seria jutjat i condemnat. Intentava pensar, però el general Yassir coneixia molt bé l'expressió de l'enemic desarmat i no li va donar treva.

–Us heu referit als nubis com esclaus quan de sobres coneixeu que això infringeix la llei. Els últims esclaus d'Egipte eren presoners de guerra i, malgrat tot, se'ls va oferir la possibilitat d'incorporar-se als nostres costums i creences. Núbia és part d'Egipte, la seva gent és egípcia, amb els mateixos drets i obligacions que tenim tots. No compliqueu més la vostra delicada situació i digueume on és la mare de la jove.

Aleshores es va produir un gran enrenou al moll. Un grup de soldats fidels al visir comandats per un oficial arrossegaven i colpejaven algú que semblava ser un presoner.

–Atureu el càstig! –va ordenar en Yassir.

–Senyor –va contestar l'oficial que encapçalava aquella tortura–, he de parlar amb el gran visir de Tebes!

–Pugeu a bord, oficial! –va contestar el general.

L'oficial així ho va fer i en arribar a bord es va quadrar davant dels generals i el visir, a qui va dir, orgullós:

–El meu grup ha completat la caça i us porto el trofeu. Exigeixo la recompensa promesa, gran visir de Tebes. He detingut la jove que acompanyava la dona que es va negar a salvar la vida de la vostra esposa!

–Us tallaré la llengua, traïdor! –va exclamar el visir al mateix temps que s'abraonava sobre el coll de l'oficial.

–Deteniu aquests homes que embruten el nom d'Egipte! –va cridar en Yassir a la seva tropa.

Després d'una lleu baralla, l'oficial i el visir foren reduïts. En Yassir es va apropar al rostre d'en Shasli per dir-li:

–La vostra corrupció ha engendrat corrupció. Aquesta pobra criatura que colpejaven hauria pagat la vostra ira!

La Jana havia corregut cap a la jove ferida que havia rebut les fuetades que en realitat li anaven destinades. En Mose i la Tiye la van seguir.

A bord algú va llançar un crit d'alegria.

Tots van mirar en Jeruef.

Aquella nit ningú no va dormir. Tebes era una festa. La notícia de la detenció del visir, per part dels homes que havien arribat a bord de dues naus del Faraó, havia corregut de boca en boca. La gent ballava i cantava i des del moll s'estenien les lloances cap als improvisats herois. Els altres acompanyaven l'emoció amb una enorme i profunda satisfacció.

–La veus, Amed? Veus l'alegria en totes les cares? –va preguntar, entusiasmat, en Jeruef–. Potser feia molt de temps que no podien manifestar els seus sentiments i ara es tradueixen en cants i danses.

–Ho tenien prohibit? –va dir l'Amed.

–Era l'únic que tenien, Amed, la prohibició.

A prop, en Mose explicava a la Tiye el que havien descobert al palau del visir.

–No només robava al Temple del Faraó, era molt pitjor. Sense pretendre-ho, hem resolt un dels enigmes que més preocupen el Faraó i a mi mateix. Molt a prop d'aquí, descansen en els seus jaços mortuoris el pare de Ramsès i els seus avantpassats. Tots van ser enterrats en tombes segellades, amb grans tresors per al viatge a l'eternitat. Però moltes de les seves tombes han estat saquejades sense que mai no se sabés qui gosava cometre un acte tan greu. Al palau hi ha una part d'aquests tresors. El Faraó podrà tornar-los als seus avantpassats.

–En Yassir serà rebut com un heroi –va dir la Tiye.

–I s'ho mereix. Ha tingut la intel·ligència necessària per aclarir la veritat. No ha actuat amb la força i ha permès que la llei dictada pel Faraó no fos trepitjada. Si la confiança que vam dipositar en la Jana no hagués tingut l'aprovació d'en Yassir, hauríem seguit el viatge sense descobrir aquesta enorme traïció. En Yassir es mereix tots els honors.

–Malgrat estar envoltats d'alegria, el vostre rostre reflecteix preocupació.

–És cert, estimada meva. Sento un gran dolor en el meu interior. Molt em temo que per enormes que siguin les dificultats que els arquitectes podem posar als lladres i als tresors de les tombes, sempre hi haurà qui hi arribi.

La Tiye va posar el cap sobre l'espatlla d'en Mose. La Jana curava les ferides de la mare i de la jove maltractada. No gaire lluny de les naus, al palau del visir, el general Yassir donava instruccions precises al seu oficial de més confiança, l'home que prenia provisionalment el poder i el control de Tebes. Al mateix temps, dos missatgers partien ràpidament amb quatre cavalls cap a Memfis portant els papirs en què el general informava dels fets.

A l'alba, les naus Ramsès II i Nefertari iniciaven altre cop el trajecte cap a l'Alt Nil.

Els tres dies següents als fets de Tebes van ser d'una navegació tranquil·la i plàcida cap al sud d'Egipte. La Jana va poder fer una cosa que des que era molt nena no feia: jugar. L'Amed i en Jeruef li van ensenyar el tauler de la «Serp» i ella va aprendre amb rapidesa la tècnica del joc, consistent a iniciar la partida a la cua del rèptil per intentar ser la primera a arribar al centre del tauler on hi havia el cap.

També es va mostrar hàbil en el joc de la baldufa, en el qual s'utilitzaven taps de diverses mides que tenien una corda al seu voltant. Quan estiraves la corda, els taps havien de rodar sobre ells mateixos. Però el que més la divertia eren els jocs malabars que en Jeruef i l'Amed feien amb petites esferes de papir o d'argila. N'agafaven unes quantes i se les intercanviaven tirant-les en l'aire amb molta habilitat.

D'altra banda, la mare de la Jana, malgrat les ferides que li havia produït el fuet, estava tan feliç i agraïda que les haguessin salvat, que a totes hores intentava ser útil per a aquelles persones que li havien tornat la fe en la justícia dels homes.

L'Amed s'havia quedat sorprès per la gran activitat que es desenvolupava a les vores del Nil i li agradava mirar els camperols des d'aquella situació privilegiada.

–És l'època de la collita –li va explicar en Jeruef–; els camperols recullen els fruits de la terra abans que el riu creixi altre cop. D'ells depèn que el país sencer tingui blat, ordi, lli... I gràcies als canals de rec que porten aigua als horts podem menjar mongetes, llenties, enciams, raïm, figues...

–I què hi fan els bous?

–Trepitgen el gra que després es carregarà en cistells i es guardarà als magatzems per distribuir-lo.

–I els que no treballen i s'ho miren?

–Sí, sí que treballen, Amed, encara que la seva tasca no és tan dura. Apunten el nombre de cistells que s'omplen per saber-ne la quantitat que han collit. D'aquesta manera comproven el que ha d'arribar als magatzems.

Sovint, els camperols abandonaven momentàniament la seva feina per saludar amb alegria els navegants.

–No hi ha cap missatge més ràpid que aquell que recorre el país de boca en boca –va dir la Tiye–; sens dubte, aquesta gent ja coneix els fets de Tebes.

–Ni més ràpid ni més exagerat –li va respondre el seu marit Mose–; la mateixa il·lusió de les bones notícies segur que ens ha convertit en totpoderosos. Si el primer narrador s'ha limitat a explicar les coses com van passar, el segon hi haurà afegit alguna fantasia pròpia, el tercer dues, el quart dotze i el desè haurà inventat la història respectant el desenllaç però no el desenvolupament.

El general Yassir mantenia un tracte de cordialitat exquisida vers aquells passatgers que viatjaven sota la seva protecció, però a ningú no li passava desapercebut que des que havien partit de Tebes el seu semblant i la seva actitud havien canviat. No es prodigava en la conversa i passava llargues hores allunyat de tothom.

No sempre sopaven a bord de les naus. Cada tres o quatre dies de navegació ho feien en terra ferma, gest que sens dubte agraïa tothom, perquè malgrat les comoditats de les embarcacions, era molt reconfortant moure's sense les limitacions pròpies dels espais reduïts.

Aquella nit, molt a prop de l'objectiu final, el grup gaudia de la bellesa de la ribera oriental del Nil. Els soldats havien encès un foc que ara agonitzava, perquè havien passat moltes hores des del sopar. Ningú no semblava voler tornar a bord i molt menys anar a dormir, com si pel fet de trobar-se a terra, tots tinguessin ganes de gaudir com més temps millor de les olors que emanaven de l'abundant vegetació que els envoltava.

–Crec que haig de disculpar-me per la meva actitud durant els últims dies –va dir de sobte el general en un to realment humil.

–No ens heu ofès, general, no hi ha motiu per la disculpa –va contestar en Mose.

–No us demano disculpa per haver-vos ofès, us demano disculpes perquè sóc conscient dels meus llargs silencis i de les meves absències en les converses.

–Aquest és un viatge llarg –va intervenir la Tiye–, i ningú espera cortesies forçades. Els vostres silencis no ens ofenen però sí que ens inquieten per l'estima i el respecte que el meu marit i jo mateixa sentim vers la vostra persona.

–Agraeixo la vostra inquietud i em reconforta saber que m'aprecieu. Estic aprenent coses, senyora.

–Aprenent?

La veu de l'Amed, ingènua i admirada va sorprendre tothom. Va ser una expressió innocent.

–El nostre viatger més jove es manifesta amb la curiositat pròpia de l'edat –va dir en un to jovial en Yassir–. Ja veus, Amed, per molts anys que et porti, per molt general que sigui, encara estic aprenent coses noves. Et diré allò en què m'haig d'esforçar més per conèixer-ho millor: haig d'esforçar-me més en el que rebo com a persona per conèixer millor el que se m'està oferint.

L'Amed va fer una expressió que va arrencar les riallades dels seus pares, del general, d'en Jeruef i de la Jana. Als soldats que feien guàrdia a prop del grup, aquelles rialles els van omplir d'alegria ja que significaven moments de distensió per a tothom.

–Disculpeu el meu fill, general –va intervenir la Tiye–, i de passada disculpeu-me a mi. Potser intueixo el significat de les vostre paraules, però, només «potser».

–Em sembla que haig de fer-me entendre millor –va replicar en Yassir–. No és fàcil per a un home com jo parlar de sentiments. El meu llenguatge sol ser seriós i greu, i transmetre sensacions, no ho faig gaire bé. Acostumo a estar envoltat de moltes persones, de tropes senceres, però sovint em sento sol. Quantes vegades en l'espera o en el descans d'una batalla he respirat profundament per gaudir de l'aroma de les flors o, simplement, m'he mullat la cara amb aigua fresca del Nil només per experimentar una sensació agradable... I malgrat tot, he hagut de fer-ho sol; poques vegades he pogut compartir aquestes sensacions ni tan sols amb una mirada de complicitat. Des que hem iniciat aquest viatge estic rebent mostres d'amistat clares i inequívoques de part vostra, de tota la vostra família, i és per això que m'he dit que «haig d'esforçar-me més en el que rebo com a persona per conèixer millor el que se m'està oferint». Haig de ser més en Yassir, l'home, i no pas tant el general Yassir. I aquests dies passats he estat més general que company de viatge.

–Si us serveix de consol, únicament quan el meu espòs és amb mi i amb el nostre fill, és més en Mose que l'arquitecte. De vegades ell també està absent malgrat ser ben a prop –va dir la Tiye sense cap to de retret i sí de comprensió.

–Suposo que el que ha passat a Tebes us ha decebut –va afegir en Mose.

–Ho encerteu, amic. És per això que estic preocupat. He lluitat al costat del Faraó o en el seu nom, per deslliurar Egipte dels perills que l'envoltaven. Però, per què ens toca lluitar contra personatges com el visir de Tebes? Vigilar-nos els uns als altres és molt més desagradable que lluitar contra l'enemic declarat. Els enemics que s'amaguen en el nostre propi país, que utilitzen el poder que els ha estat declarat en benefici propi, poden portar a la ruïna l'esforç del propi Faraó i del que representa. L'actitud del visir ha provocat, sens dubte, moltes més víctimes que una batalla, i aquestes víctimes han estat egipcis, egipcis que confiaven en el representant del rei. La traïció es deplorable. Ni el Faraó ni els seus súbdits mereixen aquest càstig.

El general va fer una pausa i va dirigir la seva mirada al Nil.

–El poder –va prosseguir– és com el Nil. Els que viuen a prop del riu se'n beneficien: sembren, lluiten per les collites, calmen la set, pesquen, sacien la gana. Però si un representant del poder, com el visir de Tebes, emparat pel que representa, obliga els altres a entregar-li els seus beneficis, traeix tot el que Faraó simbolitza, és a dir, la justícia i la saviesa. El poder, com el Nil, no pertany a ningú en concret, és de tothom. El Faraó és el símbol del poder, però sense el seu poble, mai no aconseguiria ser rei, ni tenir collites, ni guanyar batalles, ni tindria cap motiu per sentir-se'n orgullós.

–Us puc assegurar que hem escoltat el Yassir home, no el general Yassir –va dir la Tiye.

–Si el cor de Ramsès posseeix bondat, i així em consta, plorarà amargament quan conegui la traïció del seu representant –va afirmar en Mose.

–Sóc afortunat per la vostra amistat –va prosseguir el general–. M'oferiu un tresor més valuós que totes les mines d'or. L'or mai no podrà reconfortar més que un amic. Crec que el Faraó, traït per aquell en qui va confiar, oferiria totes les seves riqueses a canvi de saber que té un amic. Tant de bo ho encerti, en l'elecció del seu successor; en cas contrari, Egipte caurà en mans d'uns altres visirs com el de Tebes, per desgràcia de tots. El poble també és com el Nil. Ha de córrer lliure, engendrant vida enmig del desert, seguint el seu curs natural. El Nil sense aigua seria com Egipte sense justícia. No existiria.

–Mama –va dir l'Amed–. Jo també hauré d'aprendre coses quan sigui gran?

–Segur que sí, Amed, però quan siguis gran coneixeràs més coses que les que sabem tots els que som aquí.

Durant tot el viatge, l'Amed havia vist moltes vegades aquella escena. A bord de barques fràgils, un grup de pescadors llançava una xarxa. Dos dels homes aguantaven els caps i la resta remava. Quan el pes de la xarxa era considerable, els que l'aguantaven feien un crit i, immediatament, tots, remers inclosos, l'estiraven per recollir la pesca. El lloc per on navegaven era especialment delicat. Unes roques enormes sobresortien entre les aigües i el corrent s'accentuava amb força. De sobte, una barca de pescadors va alçar-se empesa en l'aire i els pescadors van volar cap a tots costats. Un hipopòtam enorme va emergir del fons del Nil just en el lloc on un moment abans treballaven aquells homes que ara queien a l'aigua. La mala fortuna els havia portat fins al llom de l'animal amagat al riu, que en sortir a respirar havia coincidit amb l'embarcació.

–Socors, socors! –cridaven els que podien.

Els crits van alertar els passatgers de les naus reials. En Jeruef fou el primer a arribar fins a l'Amed, que estava ben esbalaït.

–Què passa?

–Un hipopòtam ha fet caure els pescadors a l'aigua!

–Aquesta zona està plena de remolins –va exclamar en Jeruef, alarmat.

Efectivament, mentre alguns dels pescadors intentaven nedar cap a la riba, dos d'ells lluitaven desesperadament per salvar-se d'un remolí que els empenyia cap al seu centre, on la barca estava a punt de ser engolida d'un moment a l'altre. En Jeruef va fer un salt i va desaparèixer momentàniament dels ulls de l'Amed just quan en Mose, la Tiye i el general van arribar on era ell.

–En Jeruef s'ha tirat a l'aigua! –va cridar espantat l'Amed.

El cap i els braços d'en Jeruef van emergir. Intentava socórrer els pescadors!

El general va ordenar disminuir la marxa de les naus i dos soldats es van oferir com a voluntaris per ajudar els que lluitaven per salvar les seves vides al riu. Després de despullar-se, també van saltar.

En Jeruef nedava amb totes les seves forces cap al remolí. No podia veure res, ni tan sols el perill que corria. A bord, l'Amed plorava temorós pel seu amic. Un dels pescadors que havia arribat a la riba va veure els soldats que anaven a ajudar els dos companys atrapats en el remolí i es va llançar un altre cop a l'aigua menyspreant la seva seguretat. En Jeruef estava sent arrossegat pel remolí i a bord ningú no sabia de qui eren els caps que estaven a punt de ser engolits pel Nil. Ara se'n veien dos, ara tres, ara cap i novament tres o quatre i una altra vegada cap. Van passar moments plens de angoixa. Tothom mirava el remolí. L'Amed s'havia agafat a la seva mare. El remolí girava àvid i res ni ningú no emergia.

–Aquí, aquí!

Aquell crit procedia d'uns vint metres més enllà del remolí.

–Jeruef, que sigui en Jeruef –cridava dins seu l'Amed.

Les naus ja no remuntaven el Nil. Estaven paral·litzades, utilitzant únicament la força necessària per no ser arrossegades pel corrent.

Es movien d'un costat a l'altre com una baldufa quan perd força.

L'Amed va veure com els seus desitjos es feien realitat. El que cridava lluny del remolí, en una zona on les aigües corrien amb violència riu avall, era en Jeruef, que ara semblava lluitar amb totes les forces contra dos homes. Què feia? Per què es defensava d'ells? Per què l'atacaven aquells que havia salvat? Els dos soldats van arribar fins on eren i es van afegir a la lluita. En Jeruef i els soldats colpejaven amb força els dos pescadors i no sense molts esforços els van portar fins a la riba.

El general Yassir va fer senyals als soldats i després va donar explicacions als seus companys de viatge.

–Aniran per la riba fins on les aigües estiguin calmades. Allà els recollirem.

L'Amed tremolava. La Tiye el va reconfortar.

–Ja s'ha acabat tot, fill.

El sol es trobava sobre les palmeres quan les naus van salvar la zona de grans corrents. Es van aturar a l'espera dels tres valents. Es van sentir uns càntics d'alegria procedents de terra ferma. Un grup considerable de persones es va deixar veure davant la mirada curiosa dels que anaven a bord. Aquells que mostraven la seva gratitud a través de lloances cap als salvadors van pujar a diverses barques i van remar cap a les naus. Uns altres es llançaven a l'aigua i nedaven per acostar-s'hi.

En Jeruef i els soldats eren aixafats entre abraçades d'uns i altres.

Sobre una de les fràgils embarcacions, dotzenes i dotzenes de punts platejats saltaven per caure i tornar a saltar. Quan la distància es va reduir, tothom va poder descobrir que es tractava de peixos.

–Em sembla que no tindrem més remei que menjar peix –va exclamar festivament en Mose.

En Jeruef i els soldats van pujar altre cop a bord de la nau. En Jeruef va rebre l'abraçada efusiva de l'Amed i la felicitació de tothom. Els soldats van ser recompensats pel general que va reconèixer el seu valor. La Jana, que fins aleshores s'havia mantingut en una actitud discreta, es va interessar per les esgarrapades i els cops rebuts pel jove valerós.

Més tard, l'Amed va mostrar l'estranyesa pel fet que seu amic hagués estat atacat pels pescadors que havia salvat.

–No m'atacaven, Amed. Tenien tanta por de morir ofegats que s'agafaven a mi amb totes les seves forces i per poc morim tots. Si no hagués estat per l'ajuda dels soldats, ara estaria servint de menjar als peixos.

La Jana es va estremir en sentir allò.

Durant la nit ningú no podia dormir. Només quan el cel tornava a despertar van plegar els càntics de gratitud que havien acompanyat fins aleshores la gesta dels tres valents.

S'havien aturat per visitar les pedreres d'on s'extreien els grans blocs de pedra amb què s'aixecaven els temples i monòlits. Tal i com en Mose temia, la feina continuava a un ritme frenètic. El general es va encarregar d'ordenar que paressin els treballs i va manar que només s'havien de reprendre davant d'una ordre del seu home de confiança de Tebes. Va ordenar, igualment, que tots els homes que feien aquell enorme esforç descansessin i s'alimentessin correctament per recuperar les forces. Un poble petit i bulliciós s'aixecava a prop de les pedreres. Allà vivien les famílies dels treballadors i també els soldats i oficials que tenien cura del lloc. Aquell matí, un mercat ambulant hi havia instal·lat les seves ofertes, que anaven des d'aliments a eines, bestiar i fins i tot cavalls. De sobte, un tumult enorme va cridar l'atenció d'en Mose i en Yassir. Els renills extremadament aguts d'un cavall, els crits de la multitud, però sobretot l'inconfusible xiulet d'un fuet tallant el vent per esquinçar a continuació un cos, els va fer preocupar pel que hi passava. Es van obrir pas entre els curiosos i van descobrir el motiu de l'exaltació. Un mercader descarregava la seva ira i la seva força contra el llom d'un cavall magnífic. El braç poderós del general va frenar el càstig tot agafant el canell de l'home que castigava l'animal. El cavall, en la fugida al galop, va atropellar persones i tot el que se li va posar al davant, i va esquitxar sang de les ferides. Lluny d'intimidar-se, el mercader es va enfurir.

–A què es deu la vostra actitud? Només castigava un animal!

–Castigar-lo? –va respondre el general–. El torturàveu!

–I com és que un general del Faraó amonesta un mercader honrat per defensar un cavall?

–No sé de què us sorpreneu. Sobre carros tirats per cavalls, Egipte ha fet fora exèrcits molt poderosos. Mai no he derrotat cap enemic sobre un carro tirat per un mercader!

Aquella resposta va provocar les riallades dels que observaven els esdevenimets.

–Quin mal us ha causat el noble animal per merèixer aquestes fuetades? –va interrogar-lo en Yassir.

–M'ha fet perdre una fortuna! Me'l pagaven molt bé, però la seva fúria ha acovardit el comprador.

–I penseu que la vostra fúria el farà amansir?

–Què hi ha millor que un fuet per reprimir? O potser no l'heu utilitzat mai per agenollar l'enemic?

–Ni el meu fuet ni la meva espasa no han colpejat mai un rival indefens.

–No pretendreu que doni un fuet al cavall i que li ensenyi a fer-lo servir per lluitar contra mi? Vos armeu els exèrcits enemics?

–Teniu la llengua molt llarga, mercader, però només la utilitzeu amb paraules absurdes. Jo no maltractaria mai qui em donés de menjar. O potser els cavalls que veneu no són la causa de la vostra fortuna i de la vostra… –el general va fer una pausa per empènyer amb un peu la panxa del mercader– panxa?

De nou rialles entre els curiosos, que es congratulaven que algú donés una lliçó a aquell home que sempre els volia estafar.

–El meu cavall ha fugit per culpa vostra. Ara, a més a més de perdre la venda, l'he perdut a ell. Haureu de recompensar-me.

El general va mirar els ulls d'aquell home menut, vestit amb robes riques.

–Ho faré –va dir contundentment, davant el desencant dels testimonis.

Al mercader se li van il·luminar els ulls.

–Em pagareu el que demanava per ell?

–Millor encara. Us pagaré amb justícia!

El general va posar uns grans d'or a la mà del mercader. Aquest va tancar amb rapidesa el puny i va iniciar una reverència cap a en Yassir.

–No us inclineu cap a mi amb tanta ànsia. El tracte no s'ha tancat.

El mercader va fer un gest de sorpresa. El general va agafar el canell de la mà en què aquell home guardava l'or i el va estrènyer amb força perquè obrís el puny.

–Em feu mal!

–Oh, perdoneu... A la mà teniu més del que podeu demanar pel noble animal. –Dit això, el general va agafar una part de l'or.– I tenint en compte el que hauré de pagar per guarir-li les ferides –va retirar més or– i que un animal ferit perd valor –li'n va arrabassar encara més– i que com que ha estat castigat requerirà més temps perquè recuperi la confiança cap al seu nou amo –li va buidar la mà–, aquest és el teu preu!

–Res?

Els curiosos que miraven l'escena van deixar anar una altra riallada. El mercader va murmurar unes paraules inintel·ligibles i, furiós com un mico, es va obrir pas entre la gentada. En Mose, que fins aleshores no havia intervingut en l'assumpte, es va dirigir ple de bon humor al seu company de viatge.

–Em sembla que abans de fer mal a un altre animal, s'ho pensarà dues vegades.

–Potser sí –va afirmar el general –. En realitat, del que no tinc cap dubte és que abans de ser cruel amb un cavall, mirarà al seu voltant per si hi ha algun general a prop... I mentre ho fa, apaivagarà els ànims.

Els dos homes van riure de gust.

–Què en penseu fer, del cavall?

–Primer trobar-lo, després guanyar-me'n la confiança, curar-lo i llavors decidiré què fer-ne. Conec un jove, fill d'una dona molt intel·ligent i d'un pare que compta amb la confiança del Faraó, que bé podria rebre'l com a regal.

Una inquietud enorme, barreja d'entusiasme i d'expectació, regnava a bord. En Mose i el general havien comunicat a la resta que s'acostaven al punt de destí. Tot eren teories sobre les possibles emocions que els hi esperaven. Tenien el convenciment que hi trobarien alguna cosa molt especial. Les embarcacions deixaven enrere un meandre del Nil i un calfred va recórrer els cossos dels viatgers. Al peu d'una muntanya, quatre estàtues colossals que representaven Ramsès s'alçaven fins a una altura impensable, dreçades amb orgull, serenes, quasi somrients.

–N'havia sentit a parlar –va dir el general–, però sempre vaig pensar que era en un to exagerat. Ara entenc que aquells que me les van descriure no estaven sota els efectes del vi.

–És increïble –va assegurar en Jeruef–, semblen quatre guardians gegants... Però, què guarden?

–El temple –va contestar en Mose.

–Jo no en veig cap! –va afirmar el xicot.

–El temple, benvolgut i curiós Jeruef, és a l'interior de la muntanya.

En Jeruef va obrir els ulls tant com va poder i el seu entusiasme va augmentar encara més en distingir entre les quatre estàtues el que, sens dubte, era una porta.

–Hi ha una estàtua inacabada –va cridar l'Amed–, no té rostre!

En Mose va posar la mà a l'espatlla del seu fill.

–Has estat el primer a adonar-te'n, Amed. Sí que té rostre, més aviat, en tenia. Escolteu-me, us he de comunicar una cosa: el fill del Faraó, en Mermeptah, va venir a veure'm per aquest motiu. Li havia arribat el rumor que una de les estàtues de Ramsès que presideixen l'entrada del temple havia perdut el rostre. La meva missió és confirmar-ho, descobrir-ne el motiu i, si és possible, tornar-lo al seu lloc i restaurar la imatge danyada.

–N'està assabentat, d'aquest fet, el Faraó? –va preguntar la Tiye.

–El Faraó no sap el que ha passat, o almenys, ho desconeixia en el moment de la nostra partida. En Mermeptah em va comentar que la salut de Ramsès és delicada i que el seu cor no ha de tenir més preocupacions que la ja prou complicada lluita per la seva successió i la de la preparació per a l'últim viatge. Per això he mantingut en secret l'objectiu d'aquesta missió. Ningú no ha de fer-li arribar més problemes, a Ramsès. El seu fill, en Mermeptah, rebrà el meu informe i ell decidirà si el trasllada al Faraó o no.

–Però el Faraó ha de saber-ho tot –va exclamar molt sorprès en Jeruef.

–El Faraó desconeix moltes de les coses que passen a Egipte –va dir la Tiye–. Ramsès és un home, Jeruef, un home. Recorda tot el que has vist en aquest viatge. Creus que el Faraó pot tenir coneixement del que passa dia a dia, nit a nit, a tots els homes i dones d'Egipte? Una pedra, descomunalment pesada, esculpida a semblança de la seva cara, és un problema menor i més lleuger que la picada, en aparença insignificant, d'una vespa a un dels seus súbdits.

Si la primera i llunyana mirada cap a les estàtues havia causat admiració entre tots els viatgers, quan, després de desembarcar, s'hi van acostar, l'entusiasme va augmentar de manera considerable.

–Allà, en aquella altra muntanya, hi ha més estàtues –va descobrir l'Amed.

–Són les que guarden el Temple de Nefertari, l'esposa més estimada per Ramsès –va aclarir en Mose–. El seu amor per ella l'ha marcat positivament al llarg de la vida. Ell va voler honrar-la amb aquest temple.

–Jo no necessito cap temple per comprendre el vostre amor per mi –va dir tendrament la Tiye.

–Ho sé –va contestar en Mose, afalagat–. Encara que potser tindreu una sorpresa i descobrireu un petit secret que mai no us he revelat.

La Tiye es va mostrar desconcertada i quan, plena de curiositat, va voler saber-ne més, el seu espòs s'havia allunyat amb grans gambades i es trobava al peu de l'estàtua sense rostre. Al terra, a poca distància i pràcticament intacte, hi havia el rostre de Ramsès inclinat sobre la sorra. Immediatament, en Mose va acariciar el tall net de la part que s'havia desprès de la pedra original. Els seus dits semblaven posseir el do de la vista. Aliè a les mirades de la Tiye, de l'Amed, del general, d'en Jeruef i de la Jana, que s'havien acostat fins allà, parlava en veu alta.

–Una elecció dolenta, sens dubte. Aquesta roca tenia una fissura que no vam poder detectar –va prosseguir l'exploració passant-hi els palmells de les mans–. Ni una esgarrapada, cap marca que detecti algun tipus de sabotatge; cap eina no ha estat la causa del seu despreniment.

El general va sospirar.

–Millor. Si s'hagués tractat d'un sabotatge, hauria d'informar-ne.

–Sí, millor –va corroborar en Mose–. Hauré de revisar les altres tres estàtues i també les parets i el terra del temple. Encara que, segons una primera impressió, sembli obvi que una fissura natural ha provocat aquest fet, hi ha una altra possibilitat que cal estudiar.

–Donaré les ordres per preparar el campament. La vostra família seguirà allotjada a la nau quan es faci de nit, és el més còmode. Els soldats muntaran guàrdia i construiran les bastides per explorar les estàtues.

–No dubteu a protegir-vos en el temple quan la calor sigui asfixiant. A l'interior la temperatura és notablement inferior. Ja fa temps que els sacerdots van abandonar aquest lloc per viure a la cort i d'aquesta manera ser més a prop del Faraó... I del poder, és clar. A més a més, l'interior del temple és ple de representacions al·legòriques de les batalles del Faraó, obra de grans artistes. Una gran oportunitat per admirar un treball tan noble! Ah, per cert, si els meus càlculs no m'enganyen, hem arribat a temps.

Hi va haver silenci.

–A temps... de què? –va interrogar en Jeruef.

–Paciència. D'aquí a dues albes ho comprendreu tot. Permeteu-me que fins aleshores no desvetlli aquest enigma. Encara que, ho haig d'admetre, arribat el moment, la meva vanitat pot ser-vos insuportable –va dir graciosament en Mose.

–Vanitat en la vostra persona? –va preguntar en Yassir.

–Una mica, general, només la necessària... autoestima.

Van haver-hi mirades de complicitat. La Tiye va abraçar la cintura del seu espòs. L'Amed va pujar a un del peus de les estàtues i des d'allà feia salts per intentar tocar el genoll. En Jeruef i la Jana es miraven l'un a l'altra. El general caminava d'aquí cap allà deixant que la seva veu poderosa espantés els ocells, que fins aleshores havien contemplat els nouvinguts sense immutar-se.

L'activitat de l'endemà li va recordar, a l'Amed, la vida quotidiana de casa seva. El seu pare, carregat de papirs, escodrinyava tots els racons exteriors i interiors dels dos temples. La seva mare compartia amb ell converses i jocs. En Jeruef el va reptar a veure qui pescava el peix més gran.

L'Amed i en Jeruef ja havien pescat més d'una dotzena de peixos quan la Jana s'hi va acostar.

–Protegiu la vostra pell blanca, que els raigs del sol són molt més poderosos a Núbia que a les terres d'on veniu.

–Blanca? La meva pell va deixar de ser blanca el primer dia de navegació –va contestar en Jeruef.

–Vols pescar amb nosaltres? –va preguntar l'Amed–. Qui aconsegueixi el peix més gran guanyarà.

–Us adverteixo que perdreu –va dir la xicota–, recordeu que som a la meva terra i que els peixos d'aquí em coneixen molt bé.

En Jeruef i l'Amed van mirar sorpresos la jove, que havia agafat una llança, i caminava amb decisió fins que el Nil li va cobrir la cintura. Tot seguit es va aturar i va aixecar el braç armat. Després d'uns instants, durant els quals va romandre immòbil, el seu braç va fer un moviment rapidíssim i la llança va volar quasi en vertical penetrant en el riu. A continuació, la Jana va recuperar la llança i va mostrar amb orgull un peix enorme que duplicava la mida dels que jeien en el cistell de l'Amed i en Jeruef.

–Jeruef, Jeruef! –cridava entusiasmat l'Amed–. Jeruef, has vist el que acaba de pescar la Jana? Però, què mires, Jeruef?

–Té els ulls més macos que hagi vist mai –va mussitar en Jeruef.

La Tiye va deixar a terra una gerra d'aigua que portava per al seu espòs i va observar-lo durant uns instants. En Mose estava absort en la feina. Comprovava que les bastides que els soldats anaven construint a l'estàtua sense rostre fossin ben estables i aguantessin amb fermesa. El general tampoc no perdia de vista els membres del seu exèrcit reduït. De mica en mica, una d'aquelles imatges colossals fou envoltada amb troncs de fusta que arribaven d'algun lloc proper, transportats per mitja dotzena de soldats amb l'ajut d'uns quants nubis.

En veure la Tiye, el general Yassir es va dirigir a en Mose.

–Em sembla que la vostra esposa us porta aigua. Certament, la calor és sufocant.

En Mose va veure la seva esposa i va apropar-s'hi seguit del general.

–M'hauria agradat tant que haguéssiu estat aquí quan vam construir els temples. Quan us he vist he notat com una alenada d'aire fresc recorrent-me la pell.

–Beveu, espòs meu, i l'aigua us refrescarà més que la meva presència.

En Mose va beure amb fruïció. També ho va fer el general i a continuació va donar ordres als soldats que reposessin i es refresquessin al riu. Després, tots tres es van refugiar a l'ombra de l'únic arbre que hi havia prop de l'entrada del temple per descansar una estona.

–No vaig voler tallar-lo –va dir en Mose–. Aquest arbre ja era aquí des de molt abans que el Faraó manés alçar els temples. Em va donar una protecció magnífica mentre veia com la muntanya es transformava en lloc de culte.

–Admiro l'entusiasme per la vostra feina –va afirmar el general.

–Des que vaig veure per primer cop les piràmides –va contestar en Mose–, vaig saber que volia dedicar-me a aquesta feina. Les piràmides de Kheops, Kefren i Micerí, així com la de Djoser, em van fascinar, com em sembla que fascinaran a tots els homes al llarg de la història. Vaig tenir la fortuna de néixer-hi a prop i van arribar a obsessionar-me al llarg de la meva infància. D'aquí va sorgir la meva passió per l'arquitectura, per dissenyar temples, per veure com els meus dibuixos sobre el papir es transformaven després en obres admirables gràcies a l'esforç de molts homes.

–Encara que, general –va intervenir la Tiye–, hi ha una cosa molt més maca en l'obra del meu espòs que la bellesa dels seus temples o els passadissos secrets de les últimes estances que construeix. És una cosa que ell prioritza a l'espectacularitat dels seus edificis.

La Tiye va fer una pausa.

–No em mantingueu en suspens –va dir en Yassir–. O potser es tracta d'una endevinalla a la qual he de trobar la resposta?

–No és cap endevinalla, general –fou en Mose qui va prendre la paraula–. Segons els informes que em van arribar sobre la construcció de les piràmides, i també pel que vaig poder veure jo mateix quan, d'aprenent, assistia a la construcció de diferents palaus, temples i tombes, molts homes, fins i tot famílies senceres, van morir esclafats per pedres enormes, per esllavissades fatídiques, per l'ambició desmesurada d'alguns arquitectes que menyspreaven la vida dels obrers amb l'objectiu d'aconseguir altures exagerades o de finalitzar amb la màxima rapidesa possible els encàrrecs per rebre immediatament la paga i els privilegis del Faraó. Una corda en mal estat que arrossega en pendent un bloc enorme de granit pot provocar més morts que una batalla. La meva obsessió ha estat sempre complir els desitjos del Faraó amb la màxima seguretat per als obrers i les seves famílies. Mai una obra no es du a terme sense riscos, però estic més orgullós de les vides que no s'han perdut en alçar un temple que del propi temple. Fixeu-vos en aquesta obra. Hi va haver accidents, no ho amago, però van ser provocats per la irresponsabilitat d'un capatàs que no va seguir les meves indicacions o per la d'un obrer que no va fer cas de les normes de seguretat que imposo en les construccions. Tothom que treballi a més de dos cossos d'altura no ha d'oblidar mai que ha de tenir la cintura lligada amb una corda amarrada a un lloc segur.

–Però en el moment oportú, el meu espòs també va imposar unes condicions al Faraó mateix, per acceptar els seus encàrrecs. Les famílies dels treballadors han de ser a prop seu i han de viure dignament. Exigeix als seus homes el màxim esforç diari, de la mateixa manera que els garanteix un temps de descans cada jornada i una bona alimentació. A més a més, organitza torns perquè tots els obrers reposin de sol a sol, cada cinc dies de feina.

–I el millor pagament que rebo per això és l'entusiasme que la majoria demostren en la feina que fan. No necessito esclaus, necessito homes capaços de sentir-se orgullosos de la seva aportació, sigui quina sigui la seva especialitat. Homes dignes, la feina dels quals sigui reconeguda. Ramsès va aplaudir els meus suggeriments i crec que això el converteix en millor Faraó per al seu poble.

–Persones com les que ara em parlen donen sentit a la meva feina de militar. No és el Faraó a qui protegeixo amb els meus soldats, és el poble que ell representa, les persones de bon cor –va afirmar el general.

El sol ja no escalfava tant i havia desembocat en un capvespre de temperatura suau. Sense perdre de vista l'Amed, en Jeruef i la Jana s'estaven a certa distància mentre mantenien una llarga conversa.

L'Amed era a la vora del riu, amb els peus a l'aigua. Li agradava sentir els peus mullats, mirar com l'aigua se separava en arribar-li als turmells i immediatament es tornava a tancar.

Els pensaments eren ara la seva distracció.

«D'on ve tanta aigua? On neix? Per què de vegades es desborda? Per què en d'altres, el nivell és tan baix que en alguns llocs el riu pot creuar-se a peu?»

Els mestres li parlaven de les crescudes del Nil, però no tenien resposta als seus dubtes. Absort, no es va adonar de la presència de la Tiye.

–Què fas, Amed?

–Miro el riu.

La Tiye també va deixar que el Nil li banyés els peus i va recollir amb les mans una mica d'aigua per refrescar el cap de l'Amed.

–El Nil és la vida –va dir la Tiye–, sense ell el nostre poble no existiria.

–D'on ve, mama?

–Potser ho descobrirem algun dia. Els savis que envolten el Faraó, com d'altres que van fer el mateix amb altres faraons, fa molt temps que estudien les estrelles llunyanes. Malgrat tot, encara no saben de quin lloc procedeix el Nil. Només puc dir-te que és més a prop que el cel. Imagina't, Amed, que tu i jo som dues formigues i que vivim en un lloc molt apartat del Nil. Però un dia els homes del Faraó construeixen un canal de rec a través del qual el riu arriba fins a nosaltres. Aleshores, pugem a una fulla de papir i viatgem en el sentit contrari al corrent fins a arribar a l'inici del canal, és a dir, fins a arribar al Nil. Com que som formiguetes pensaríem, segurament, que hem arribat a l'origen del riu.

–Vols dir que si nosaltres seguíssim navegant allunyant-nos cada cop més de casa nostra, arribaríem a l'origen del Nil?

–Potser sí, Amed. Encara que de moment no sabem si per fer-ho necessitaríem tota la vida.

Una au va aterrar vora seu, va enfonsar el bec en l'aigua, va remuntar el vol i es va allunyar en la direcció contrària al corrent del riu.

–Mira aquest ocell, Amed. Potser ell ha vist el lloc d'on ve l'aigua. Per moltes coses que sapiguem, un simple ocell pot conèixer alguna cosa que nosaltres ignorem.

–Un ocell sap més coses que el papa?

–Un ocell pot saber el que cap egipci no ha descobert encara.

–Ni el Faraó?

–Ni el Faraó.

–Què diuen, del Faraó, els meus éssers estimats? –la presència d'en Mose va sorprendre la Tiye i l'Amed, que no van tenir temps d'evitar que els esquitxés expressament.

–Vaja –va replicar amb un somriure la Tiye–, l'arquitecte del Faraó ha acabat la seva jornada de treball i té ganes de fer bromes.

En Mose es va despullar i es va capbussar al riu.

–Si veieu un cocodril a prop advertiu-lo del perill que corre! Tinc una gana atroç!

–Em puc banyar, mama?

–Si el teu pare ho fa és que no hi ha perill.

–I tu?

La Tiye va mirar el seu vestit moll.

–Em sembla que el teu pare ens ha mullat de dalt a baix amb la intenció que l'acompanyem en el bany.

Es van despullar i van nedar cap a en Mose.

Van deixar que els seus cossos s'eixuguessin amb els últims raigs del sol i després es van vestir. En Jeruef i la Jana s'hi van apropar.

–Aneu amb l'Amed a la nau i espereu-nos allà –va dir en Mose–. La meva esposa i jo hem de fer una visita!

–Una visita? –va preguntar la Tiye.

No va obtenir cap resposta. En Mose l'havia agafat per la mà i, com si estigués a punt de fer una entremaliadura més pròpia d'un nen que d'un adult, va estirar-la mentre feia grans gambades.

Es van allunyar deixant enrere la sorpresa i les rialles de l'Amed, en Jeruef i la Jana.

–Es pot saber on em porteu?

–És un secret!

–Secret?

–No crideu tant! Siguem prudents, Tiye, no vull que ningú ens molesti... Ni el general!

En Mose es va aturar i ella va fer el mateix.

–És amor el que busqueu? –va xiuxiuejar la Tiye.

–És amor la mà que sento en la meva –va dir ell–; el mateix amor que em va fer cometre un acte poc… –en Mose va gargamellejar una mica–, una mica irreverent, per dir-ho d'alguna manera. Malgrat ser lluny, sempre us he portat molt a prop.

Van caminar fins a l'interior del Temple de Nefertari. Abans d'entrar, en Mose va mirar al seu voltant buscant possibles intrusos. Li va semblar que només els ulls de la Tiye l'observaven. Van travessar l'entrada. La foscor era absoluta. En

Mose va notar que la mà de la seva esposa estrenyia fortament la seva per seguir els seus passos. Ell es va moure com el que era, el coneixedor perfecte d'aquell lloc. Sense cap vacil·lació. D'algun racó que la Tiye desconeixia, en Mose va agafar una torxa i la va encendre. El foc va il·luminar les parets que els envoltaven. Aleshores, en Mose va parlar a la seva esposa amb gran devoció.

–Mai no vaig saber si us ho podria ensenyar algun dia. M'he preguntat si alguna vegada els vostres ulls podrien veure-ho. Recordeu les paraules del fill de Ramsès quan va visitar la nostra llar? «La teva bella esposa i el vostre fill han d'acompanyar-te en aquest viatge», va dir en Merneptah. Aleshores vaig saber que, si no passava res fins a arribar aquí, tindria l'oportunitat de mostrar-vos una cosa que penso que heu de veure.

La Tiye anava a dir alguna cosa però en Mose li va demanar silenci amb un gest.

–Recordeu les vostres paraules quan vam parlar d'aquest temple, que el Faraó va dedicar al seu gran amor Nefertari. Vau dir: «No necessito cap temple per comprendre el vostre amor per mi.» Us vaig respondre que tindríeu una sorpresa. Agraeixo en el racó més profund del meu cor que no em demaneu un temple en el vostre honor –va afegir en Mose amb cert humor–; i per això espero que el que veureu ho accepteu com un homenatge que us vaig retre. Mireu!

En Mose va apropar la torxa a una de les parets plena de jeroglífics. Va posar un dels seus dits sobre uns signes.

–Llegiu.

La Tiye, que havia après a llegir jeroglífics amb l'ajut d'en Mose, va fer el que ell li havia demanat:

–*Aquest temple, dedicat per Ramsès II a la seva esposa Nefertari, fou construït per un arquitecte del Faraó que estimava tant la seva esposa Tiye, que el seu amor era més gran que qualsevol monument, un amor capaç de travessar la Terra i arribar a les estrelles que cada nit il·luminen el cel.*

Es va produir un silenci. En Mose se sentia enormement feliç i emocionat. Esperava sentir la veu de la Tiye manifestant-li la seva emoció o el seu disgust. Ella va passar la mà per aquelles escriptures i un sospir va sorgir del racó més profund de la seva ànima.

–No hi vau posar el vostre nom, no hi vau posar el vostre nom –va dir la Tiye.

Altra vegada silenci.

–I si algú ho descobreix?, i si un dels sacerdots de Faraó ho llegeix o ho ha llegit ja i Ramsès pensa que heu traït la seva confiança?

–Llegir la totalitat dels jeroglífics d'aquest temple no és una tasca fàcil. I encara que algú pogués fer-ho i ho fes saber a Ramsès, creieu que un home com ell, que el seu amor per una dona li va fer alçar un temple, no entendria un altre home ple d'amor que en una mesura molt menor escriu per a l'eternitat el seu sentiment més profund?

La Tiye va acostar els llavis als del seu espòs per besar-lo, i després es van abraçar.

–T'he tornat a guanyar, Jeruef.

Però en Jeruef no feia cas de les paraules de l'Amed ni estava atent al joc que compartia amb ell.

–Jeruef, has perdut! –va insistir el jove.

–Oh, vaja –va reaccionar amb cert desassossec el jove.

–Ja no tens ganes de jugar amb mi? Vols anar a dormir?

–Perdona, Amed. No, no tinc son. En realitat la meva ment no estava amb tu.

–Ni la teva ment ni els teus ulls.

–És cert i et demano disculpes una altra vegada. Jo... Com m'agradaria que m'entenguessis, Amed!

–Què haig d'entendre?

–No dormo, quasi no menjo, estic amb tu i ni et veig ni et sento si no faig un esforç.

–Potser la Jana tenia raó i el sol de Núbia t'ha afectat el cap. Estàs malalt?

–No! O potser sí. Ho veus? No sé el que em passa!

–Doncs si no estàs malalt ni tens febre...

En Jeruef va interrompre l'Amed.

–Febre..., potser sí!

–Has dit que no estàs malalt.

–Però de vegades tremolo i suo... És com si em faltés l'aire, com si tingués un enorme buit a l'estómac... Un buit immens dins me que no em deixa viure en pau.

–Aleshores estàs malalt –va afirmar l'Amed–. I per què no ho dius a la Jana?

En Jeruef es va sobresaltar.

–Dir-li què?

–El que et passa.

–I què em passa?

–El que acabes de dir! Tens tremolors, et falta l'aire, tens suors, sents un buit a l'estómac..., i tot això.

–I per què l'hi haig de dir a ella?

–Sap medicina –va dir l'Amed, amb la lògica pròpia de la seva edat.

–És cert, Amed, és cert. Potser ella sap el que em passa.

I, de sobte, en Jeruef es va aixecar d'un salt i va abraçar amb entusiasme l'Amed, que estava ben sorprès.

–No saps com t'ho agraeixo, amic. Vaig a parlar amb la Jana!

En Jeruef es va allunyar ràpidament. L'Amed va recollir el joc de la serp i va guardar el tauler i les fitxes.

–Està enamorat –va dir.

La Jana estava cosint una peça de roba quan va sentir els laments d'en Jeruef.

–Oh, el meu cap, el meu estómac.

Ella va aixecar la mirada. En Jeruef, a escassos metres, es repenjava en una gibrella gran, cargolant-se de dolor. Ella se li va apropar.

–Què et passa?

–Oh, Jana –va dir en Jeruef, fingint sorpresa en veure-la–, em pensava que ningú no sentiria els meus laments i per això he gosat cridar el meu dolor... Millor dit, els meus dolors...

–Tranquil·litza't. Digue'm, què et fa mal?

–Jo...

Però en Jeruef no va saber seguir la farsa davant de la Jana. Ara, amb la proximitat de la xicota, es va esgarrifar i tenia tremolors autèntics.

–Jo...

–Et lamentes del teu estómac i del teu cap. Deixa'm...

La Jana li va posar la mà al front.

–Estàs suant –va dir.

–El sol –va titubejar ell.

–El sol dorm i l'aire és fresc.

–A mi m'agradaria, m'agradaria –en Jeruef va deixar de tremolar i sense adonar-se'n va agafar la mà de la jove i la va estrènyer–. M'agradaria donar-te tot allò que no tens i que mai no has tingut. M'agradaria protegir-te i ser el costat bo de la teva vida, m'agradaria fer-te oblidar els moments dolents i compensar-te per tot el que has patit, m'agradaria tenir poders perquè els teus desitjos es convertissin en realitat, m'agradaria estar sempre al teu costat, m'agradaria que la teva mirada deixés de ser trista i que la teva boca em somrigués.

–Véns perquè et curi i, en canvi, t'ofereixes per sanar les meves ferides.

En Jeruef va acariciar les galtes de la Jana.

–Deixa'm intentar-ho.

Els ulls de la Jana van buscar els d'en Jeruef.

–I què esperes de mi?

–No és de tu de qui espero res; és de mi. Espero poder donar-te tot el que em demanis.

–Demanar –va mussitar ella–. És curiós. Què puc demanar jo si mai no he demanat res perquè res no podien donar-me?

–No és cert, Jana. Et vas jugar la vida per demanar justícia!

–I tu podràs donar-me el que desitjo? Jo desitjo que el meu poble no pateixi més repressions, que la gent gran no plori pels seus fills.

–Potser jo no et podré donar allò que desitges. Però sí que puc ajudar-te a lluitar per aconseguir-ho –va afirmar en Jeruef, ple d'entusiasme.

Per primer cop en la seva vida, la Jana va sentir una sensació estranya de tendresa.

–No et desagrada el color de la meva pell?

–Potser el color de la meva, tan blanca al costat de la teva, et desagrada a tu?

–No és el color, Jeruef, és el que significa per a nosaltres, per al meu poble.

–Digue'm, Jana: no coneixes cap nubi egoista o lladre? Creus que tots els que no tenim la pell tan fosca com la teva som assassins? La Tiye no és com tu, però és bona, igual que en Mose...

La Jana tremolava.

–Ara ets tu la que tremola –va dir en Jeruef agafant-la pels braços–. Deixa que comparteixi les teves ferides i que lluiti amb tu perquè cicatritzin.

Els llavis de la Jana van dibuixar un somriure dolç, un somriure quasi invisible però que va il·luminar-li tot el rostre.

Plens de curiositat i expectació, i sense importar-los el temps escàs que van tenir per descansar, tots van atendre la sol·licitud que en Mose els va fer abans d'anar-se'n a dormir.

–Hem de ser a l'interior del temple abans que Ra ens regali la llum del nou dia.

En Jeruef es va encarregar de despertar l'Amed. En Mose i la Tiye no havien tancat els ulls, ja que havien dedicat aquella nit tan curta a conversar. El general fou el primer a llevar-se i els esperava prop de l'escaleta que permetia pujar i baixar de la nau. Una vegada plegats, van recórrer amb una ansietat inusitada el curt trajecte que els separava del temple, presidit per quatre estàtues fantàstiques del Faraó, una de les quals no tenia rostre.

Abans de penetrar-hi, en Mose es va aturar i els altres van imitar-lo. Aleshores va dir:

–Quan Ramsès va encomanar aquest Temple, va reunir els homes més savis de la cort i ens va fer una promesa:

«Sabem qui en serà l'arquitecte, coneixem els dibuixos que hi haurà gravats en els murs. Vuit estàtues que em representaran s'alçaran a l'interior per protegir la capella, al fons del temple, on hi haurà quatre figures: una dedicada a Amon, una altra a Harmakhis, una a Ptah i una altra que em representarà assegut al costat d'aquests déus. A l'exterior, quatre estàtues més, les més grans mai erigides, presidiran l'entrada. Ja no és cap secret que a tots dos costats de la nau central, hi haurà unes sales petites adequadament decorades amb dibuixos al·legòrics del meu mandat. Però hi falta una cosa.»

»Tots ens vam mirar sorpresos. Jo mateix em preguntava a què podia referir-se el Faraó.

«No us preocupeu, ningú no ha oblidat cap part del seu deure. Potser us demanaré un impossible. Vull que em proposeu, individualment, alguna cosa que em pugui sorprendre, alguna cosa desconeguda, alguna cosa diferent de tot allò que ha vist algun cop la llum d'Egipte. Aquell que tingui una proposta que m'ompli d'orgull i es pugui dur a terme, serà recompensat, i ell i la seva família sempre tindran un lloc entre els escollits.»

»Les paraules de Ramsès van provocar un gran rebombori entre tots els que érem allà. En realitat jo no em vaig donar per al·ludit. La meva presència en aquella reunió de savis, l'entenia en qualitat d'arquitecte, no com un home que tingués el do de la saviesa, més pròpia dels sacerdots. I així va ser en realitat. Mentre vaig ser a prop del Faraó, ell em feia cridar perquè opinés sobre les propostes que rebia. Cap d'elles no aconseguia satisfer el repte llançat per Ramsès. Unes es repetien i ja s'havien vist en altres temples, unes altres era impossible fer-les. Va arribar el dia que vaig haver d'abandonar la meva residència per venir a supervisar les obres. Però m'entristia que cap idea no prosperés. Les ganyotes de disgust de Ramsès davant tots els projectes em dolien. Realment ningú no seria capaç de respondre adequadament el desig del Faraó? Va passar el temps i les obres del temple avançaven. Havíem aconseguit buidar la muntanya i la volta en què s'allotjarien les parets ja era una realitat. Ens llevàvem molt aviat, com avui, quan Ra encara no ens regalava la llum. Em fascinava tant veure els primers raigs de sol que sense cap motiu cada dia esperava que els primers raigs il·luminessin l'interior de l'enorme cova artificial. Amb la llum del sol, les feines a l'interior eren més senzilles. Jo marcava dia a dia el límit de la llum, és a dir, l'inici de la penombra. Vaig fer-ho durant més de cent dies. Cada dia a trenc d'alba el sol penetrava una mica més en la volta. Seguiu-me.

En Mose va entrar al temple, que estava absolutament fosc. Ningú no va dir res. Tots esperaven veure alguna cosa meravellosa, però, què?

A l'exterior es va iniciar l'alba. L'horitzó va despertar mandrosament i, al moment, ho va fer el cel i la llum va començar a inundar la volta.

–Com us he dit, cada alba Ra penetrava una mica més en la volta. Un dia il·luminava fins aquí –va dir senyalant els seus peus–, l'endemà avançava fins aquí –va fer quatre passes cap a l'interior del temple i va esperar que els raigs solars l'il·luminessin–, i l'endemà la llum arribava fins aquest punt. –En Mose continuava fent passes cap a l'interior del temple i, quasi instantàniament, li arribaven els raigs solars, davant la sorpresa dels presents.– Fins que finalment...

No va dir res més. Va avançar amb rapidesa fins a les quatre estàtues situades a la capella, el lloc més profund del temple. Va esperar. De sobte, Ra va arribar fins on era ell i va il·luminar tres de les quatre estàtues. Només fou un instant, i en el seu camí cap al punt més alt, els raigs van deixar de donar llum a la figura d'en Mose i a les tres figures de pedra.

–No ho acabo d'entendre –va dir el general–. És meravellós, però sé que hi ha alguna cosa que encara no ens heu dit.

–És cert general. Ra ha il·luminat tres estàtues i ha deixat a les fosques la del déu Ptah, que simbolitza les tenebres, ella mai no rep llum.

–Sorprenent –va afirmar en Yassir.

–Però hi ha alguna cosa més. Aquest fet només passa dos cops l'any. Vaig consultar escriptures molt antigues i, amb sorpresa, vaig descobrir que un d'aquests dies és el solstici d'estiu.

–És increïble –va afirmar en Jeruef.

–No, Jeruef, no és tan increïble. L'orientació del temple ja buscava una complicitat amb l'astre que l'il·lumina. El més increïble ve ara. Una coincidència, un fet fortuït però colossal. El segon dia que el sol il·lumina les tres estàtues, una de les quals, com veieu, representa Ramsès, coincideix amb el dia que el Faraó va néixer.

L'entusiasme fou absolut. Ningú no sabia què dir de tanta admiració que els produïa.

–El Faraó també es va quedar sense paraules quan fou testimoni d'aquest fet. L'hi havia explicat, com era el meu deure, però semblava no creure'm. Quan ho va veure, va voler estar-se sol durant molta estona just on ara ens trobem. Després, en sortir, em va mirar i em va dir: «No sé si a més a més d'arquitecte ets bruixot. En qualsevol cas, si la màgia no ha intervingut en el que acabo de presenciar, si ha estat l'atzar o els estudis, a tu t'ho dec. Demana el que vulguis i et serà concedit.»

–I quina fou la resposta? –es va interessar el general.

–Només n'hi podia haver una. Seguir al seu servei per poder desenvolupar els meus projectes.

–Un cop –va dir el general–, en una batalla, una fletxa enemiga volava cap a la meva esquena. Sort o intuïció, em vaig girar mentre em llançava a terra. La fletxa va fregar-me el cap i es va clavar en un arbre. L'atzar existeix, encara que sempre he cregut que deu anar acompanyat d'un sisè sentit.

Avançaven altra vegada cap a l'exterior i estaven a punt de travessar la porta quan en Yassir es va aturar.

–Per cert, anit vaig veure dues ombres penetrar al Temple de Nefertari... Vés a saber quins altres secrets guarden aquelles parets –va dir amb un to de complicitat mentre mirava la Tiye i en Mose.

–Ho sento general. Hi ha secrets que han de ser guardats en parella –va replicar en Mose, adoptant el mateix to.

En Mose, va dedicar els dies següents a l'estudi i a la reflexió. Sovint se'l podia veure a prop del rostre caigut; més tard, consultant plànols i escrivint en papirs. La Jana aprofitava les jornades per apropar-se a un petit poblat nubi i cuidarne els habitants.

Aquell dia, quan es disposava a allunyar-se del grup va tenir una enorme sorpresa.

–Espera, Jana –li va dir en Mose–, avui t'acompanyarem. Necessito que el meu cap pari de donar voltes al mateix tema, i un bon passeig ens anirà bé a tots.

Es van allunyar del temple i van caminar per la sorra del desert fins a arribar al poblat. Cap vestigi de grandesa, res que pogués recordar que aquell lloc també pertanyia al país del Faraó, el país amb moltes mines d'or, el país amb l'exèrcit més poderós de la terra, el país en el qual la saviesa ocupava un lloc important. En aquell poble no hi havia gent jove, i els seus habitants eren grans, ancians, més per falta de recursos que per excés d'anys. L'Amed mai no havia vist tanta pobresa, ni tan sols se l'hauria pogut imaginar. Els seus ulls miraven incrèduls aquell panorama desolador i s'agafava fort al braç de la mare com si volgués evitar que l'abandonessin allà. En veure la Jana, els rostres del ancians van manifestar una expressió d'alegria que aviat es va transformar en temor en comprovar l'arribada d'estranys.

–No temeu –va dir la jove als vilatans–, vinc acompanyada de bona gent.

–Aquesta és l'altra cara d'Egipte –va afirmar la Tiye.

–Sens dubte això també és Egipte –va comentar en Yassir–, però només de nom.

–Venim de l'alegria i l'abundància –va dir en Mose–, podem educar l'Amed sense temor que ningú el segresti per convertir-lo en esclau. Qui sap on deuen ser els fills d'aquestes dones i d'aquests homes!

La Jana va dedicar la jornada a curar els ancians amb medecines que ella mateixa havia estat preparant al vaixell. Aviat s'hi va afegir en Jeruef. La Tiye apuntava en un tauler tot el que tenia l'expedició que pogués servir a aquelles persones. El general, en Mose i l'Amed entraven en les cases de tova malparades i en treien tot allò que pogués ser un focus d'infecció per cremar-ho en una foguera que havien encès. Va ser un dia de poques paraules, com si el silenci fos una mostra de respecte. Van marxar al vespre, deixant enrere mirades de gratitud.

–Demà els meus homes portaran menjar, aigua i tot allò que pugui ser útil –va comentar en Yassir mentre tornaven pel desert.

Aquella mateixa nit, després del sopar, el grup estava al voltant d'un foc. La Tiye feia dies que observava la Jana i en Jeruef.

–Ja no són els del meu espòs i els meus, els únics ulls que llancen mirades d'amor –va dir.

La Jana i en Jeruef van abaixar la mirada en un acte reflex, com pretenent protegir els seus sentiments dels ulls que, després de les paraules de la Tiye, es dirigien cap a la parella.

–La meva esposa te raó –va afirmar en Mose–: em sembla que hi ha dues ànimes més molt enamorades.

–Jo ja ho sabia –va comentar l'Amed–, en Jeruef fa dies que sempre perd quan juga amb mi.

–Em pregunto si podem alimentar el futur d'aquest amor –va intervenir en Yassir–, i encara que en tinc molts dubtes, el cert és que no hi ha força més poderosa que la d'aquest sentiment invencible, que sempre creix davant l'adversitat.

En Jeruef va mirar el general i després, amb un dit, va aixecar la barbeta de la Jana que havia refugiat el seu rostre entre les mans.

–No podem amagar el que és evident –li va dir.

–En Jeruef te raó, Jana –va afirmar la Tiye, mentre s'acostava a la jove núbia–. Potser m'equivoco, però aquesta tarda, quan estàveu cuidant la gent del poblat, he tingut un pressentiment.

Els ulls de la Jana es van dirigir als de la Tiye expressant una súplica de comprensió i d'esperança.

–He vist el viatge de tornada –va prosseguir la Tiye– i no hi éreu ni tu, estimada Jana, ni en Jeruef. M'hauria agradat portar-vos a casa, però no crec que ni el meu marit ni jo us puguem oferir el que voleu.

–No us puc abandonar, senyora, em dec a la vostra família, al petit Amed...

–No per sempre, Jeruef –ara era en Mose qui parlava–, no per sempre. L'Amed ha deixat de ser petit, i encara que amb tu ha après moltes coses, encara ha d'aprendre'n una altra: la teva fidelitat no és el preu que has de pagar pel teu destí i ara el teu destí és un altre. Perdrà l'acompanyant, però no l'amic. L'amic Jeruef, sempre el tindrà es trobi on es trobi. Si el vostre desig és quedar-vos aquí, nosaltres no ens hi negarem.

L'Amed estava confós. Sentia una gran estima pel Jeruef, els unien tantes coses...

–Però, aquí no hi ha res, veniu amb nosaltres –va suplicar.

Fou el general qui va intervenir.

–Em sembla que precisament el fet que aquí no hi hagi res, com bé diu l'Amed, és el que us impulsa a quedar-vos. Voleu sembrar de vida digna el lloc que fins avui ha estat ple de vida injusta. Perdoneu que interrompi aquesta conversa i que em fiqui en un tema familiar; si ho faig és perquè vull que sapigueu que faré un informe sobre la realitat d'aquesta zona d'Egipte, perquè el Faraó tingui coneixement de l'estat tan lamentable en el qual sobreviu part del seu poble. No dubto que en sabrà corregir les deficiències, i jo mateix hi posaré tot el meu esforç perquè sigui així. Caldrà temps, però ara ja hi ha un punt de partida.

–No serà un temps inferior al que passaria sense la vostra col·laboració –va dir la Jana–. Quan vaig pujar a la nau fugint del visir no tenia esperança. Ara en tinc. No us diré gràcies per rebre tanta comprensió, però us agraeixo que m'hàgiu tornat la fe en la vida.

–Jana, deixa que em quedi amb tu. Aquí podré aplicar tot el que he après. Sé com fer que la vida neixi en el desert, construiré un canal que portarà aigua del Nil al poblat, alçarem vivendes sòlides que protegiran la gent del sol.

La Jana va mirar els ulls d'en Jeruef. Va intentar pronunciar unes paraules, però l'emoció li ho va impedir.

Amb prou feines havia sortit el sol quan el general es va trobar en Mose contemplant una nova alba.

–Heu matinat, arquitecte.

–La nit m'ha ajudat a prendre una decisió, amic Yassir. Quan disposeu, podem iniciar el viatge de tornada. La meva missió ha conclòs.

–La vostra obra no serà restaurada?

–El meu consell serà deixar les coses tal com estan. Quatre són les estàtues del Faraó que guarden l'entrada del Temple. Tres resten intactes. Només una ha patit un deteriorament. Tres van suportar la força de la naturalesa, igual que els dos temples, que no van patir danys davant el que, sens dubte, fou un terratrèmol molt fort. Explicaré al fill de Ramsès que el rostre caigut d'una de les estàtues recordarà sempre que el Faraó va sobreviure al desafiament natural al qual fou posat a prova. El seu temple i les seves estàtues no malmeses en donaran fe.

–Molt convincent, sens dubte. Encara que jo ho veig d'una altra manera: el vostre treball ha superat la pitjor prova a què es pot sotmetre qualsevol obra arquitectònica.

–De nou m'honora un afalac vostre.

El general va somriure amistosament.

Havia arribat el moment d'iniciar el viatge de tornada. Totes dues naus s'allunyaven dels temples, aquest cop a favor del corrent.

La Jana i en Jeruef, agitaven les mans des de la riba i l'Amed feia el mateix a bord.

La Tiye observava el seu fill i pensava que el nen que havia embarcat a Memfis tenia ja els trets clars del jove en el qual es convertiria en un període molt breu. El general Yassir sabia que seria rebut com un heroi, però no se'n sentia orgullós. Com a màxim, procuraria aprofitar els honors perquè la seva veu tingués més força en el seu nou afany de millorar aquell racó d'Egipte. En Mose desitjava visitar el petit poblat ocult a la riba occidental del Nil, a l'altura de Tebes, per comprovar si els guixers, picapedrers, pintors i fusters que l'habitaven havien ensenyat als fills els seus coneixements, com passava des de feia molt de temps. Ells vivien en aquell lloc tan proper a una vall en la qual reposaven per sempre molts faraons, a les tombes amagades entre les muntanyes.

L'Amed ja tenia dos motius per tornar a remuntar el Nil en un futur: veure el seu amic Jeruef i prosseguir el viatge a la recerca de l'origen del riu.

Poc es podien imaginar que alguna cosa que estava passant en aquells moments influiria en els seus destins.

A Memfis, un missatger partia amb el papir que acabava d'escriure l'ancià Faraó i que tenia com a destinatari el seu arquitecte, i a ell havia de ser lliurat quan arribés a Tebes.

«Sento propera la fi del meu regnat. Aviat seré amb el meu avantpassat Sethi. Amic Mose, he estat informat del teu viatge pel meu fill Mermeptah. Atura el retorn i finalitza la meva estança eterna, ja que no trigarà gaire a albergar el meu cos. Et diposito la confiança de sempre. Sento el dolor de la malaltia, però encara em fa més mal el temor pel destí del meu successor; són molts els que conspiraran contra ell. Només em conforta la fe.»

NOTA DE L'AUTOR

–Tots els temples als quals faig referència són reals (Karnak, Luxor, Abu Simbel), i visitar-los ens permet viatjar a través del temps.

–El poblat en què vivien els obrers i els artistes que van construir i adornar les tombes de la Vall del Reis és conegut en l'actualitat com Dayr al-Madina.

–Els temples d'Abu Simbel van ser salvats, per la UNESCO i les autoritats egípcies, de desaparèixer sota les aigües de l'anomenat Llac Nasser, fruit de la construcció de la presa d'Aswan (la segona més gran del món).

–Les quatre estàtues de Ramsès II que presideixen l'entrada del temple major d'Abu Simbel –una d'elles sense rostre–, mesuren vint metres d'altura. D'orella a orella, la distància és de vuit metres.

–Durant el solstici d'estiu, un raig de sol il·lumina les figures d'Amon, Harmakhis i Ramsès II, però deixa en la foscor la de Ptah, el déu de les Tenebres dels egipcis d'aquella època.

–Entre les piràmides i Abu Simbel hi ha una distància aproximada de mil quilòmetres.

–Ramsès II va governar al llarg de seixanta-set anys. Va tenir molts fills –fa poc se n'ha descobert la possible tomba a la Vall del Reis–, entre ells Mermeptah.

–Quan Ramsès II va néixer, les piràmides de Djoser I (l'escalonada i primera a ser construïda), Kheops, Kefren i Micerí ja feia més de mil anys que rebien la llum de Ra, que és el nom que els antics egipcis donaven al Sol.

MIQUEL ARGUIMBAU

Va néixer a Barcelona el 1950. És periodista i guionista de ràdio i televisió des de fa trenta-tres anys. Escriu textos per a diversos mitjans, en programes juvenils, d'humor, documentals, biografies, de ficció, d'opinió i dramàtics.
També ha col·laborat en revistes de còmic i ha treballat en publicitat.
És autor del llibre *Memòries de Radio Juventud, la ràdio al Mil por Mil*, publicat pel Col·legi de Periodistes de Catalunya.

A partir de 12 anys

MONTSE GANGES I GARRIGA
Cabell d'àngel

PETER HÄRTLING
La Jette i els llibreters

ENRIC LARREULA
Amics de les estrelles

CHRISTOBEL MATTINGLEY
L'Asmir no vol fusells

CHRISTINE NÖSTLINGER
Konrad o el nen que va sortir d'una llauna de conserves

JORDI SIERRA I FABRA
El nen que vivia als estels

ANGELA SOMMER-BODENBURG
El petit vampir
L'aniversari del petit vampir

JOSEP TORRENT
L'estranya desaparició de la Laura

MICHAEL ENDE
Momo
La història interminable

ALFAGUARA
Grup Promotor

Aquest llibre s'ha acabat d'imprimir el mes d'octubre del 2004 als tallers gràfics Anzos, S. L., Fuenlabrada (Madrid).